Susanne Röckel

VERA

Susanne Röckel

VERA

Eine Erinnerung

Residenz Verlag

„Ainsi la violence écrase ceux qu'elle touche."

SIMONE WEIL

„Mit der letzten Kraft meines Traumes wünsche ich, dass die Vergangenheit nicht umsonst war, dass die Tränen und das Blut nicht umsonst flossen."

FRITZ BAUER

„Die Schwierigkeit nein zu sagen, anfangs eine kleine Schwierigkeit im Umgang mit andern, ist jetzt das Problem des Widerstandes in den Bewegungen der Selbstzerstörung."

KLAUS HEINRICH

Ich wohne nirgends. Mein Haus, meine Straßen sind nirgendwo. Ihr Grün und Grau schält sich ab und steht wie eine kalte Haut, in die der Wind bläst, mit wechselnden Ausbuchtungen in der Luft. Ich gehe meinen Weg, ich sehe Oberflächen ohne Tiefe, Fassaden, Geäst, ich will Gesichter finden, die ich nicht kenne. Das Gebaute hat kein Alter, es ist schattenlos. Die Zimmer hallen von Stimmen wider, körperlosen Stimmen – was wollen sie mir sagen? Die Sonne steht wie ein Scheinwerfer über den glatten Dächern, den blinden Fenstern, der greisen, tauben Erde. Überwucherte Ruinen. Leute mit Schals vor der Nase. Autos, aufgereiht am Horizont. Was habe ich damit zu tun? Ich fühle mich wie ein unbeschriebenes Blatt. Bin ich es? Ich stelle Fragen. Sind es die richtigen? Was ist es, was fehlt? Ich bin 14. Es ist, als könnten sich im nächsten Moment die Dinge aus ihrer Verankerung lösen und im Raum herumwirbeln wie Schneeflocken im April. Als wäre auch ich in Gefahr, auf meiner ungeschickten Suche (wonach?) im nächsten Moment den Boden nicht mehr zu spüren. Ich schrecke vor unsichtbaren Hindernissen zurück. Es fällt mir schwer, fest aufzutreten und weit auszuschreiten, wie andere es tun. Oft laufe ich in eine Richtung und merke dann, es ist die falsche. Ich will, dass alles anders ist! Ja, ja, sagt die Welt. Ja, ja, sagen alle Münder, ja, ja, sagt auch mein Mund, wenn auch schon zögernd. Das Nein ist noch nicht da. Spüre ich, dass die Welt lügt? Ich will etwas erleben! Um etwas zu erfahren? Zu ermitteln? Um etwas wachzurufen, was nirgends ist: Erinnerung?

Jetzt, über 50 Jahre später, ist Vera in meiner Nähe. Habe ich sie gefunden – oder fand sie mich? Ich weiß nicht, wer sie ist. Kein Gesicht: ein Schatten, kaum feststellbar, leicht zu stören, ein leises Rauschen, Erschauern, wie wenn sich eine Wasserfläche bei Windstille plötzlich kräuselt. Eine Art Geist, Totengeist. Eine Unbekannte. Vor 44 Jahren ist sie gestorben. Und doch gibt es eine Verbindung, unbezweifelbar, einen Anruf, Anklang, etwas, was anklopfte, sich jedenfalls auf unmissverständliche Weise bemerkbar machte – oder war es nur die Vorstellung, die mich beim Lesen ihrer Aussage überfiel, Phantasie, Obsession? Eine Quelle, deren leise rieselndes Wasser nicht leicht zu entdecken ist, zu der man hinabsteigen muss in eine gewisse Tiefe. (Ich weiß nicht, warum mir dieses Bild einfällt, warum mir immer wieder Wasser einfällt, wenn ich an sie denke, strömendes Wasser, ein Fluss, ein Meer.) Anfangs gab es einen Namen. Einen anderen Namen, einen langen, schwer zu behaltenden ukrainischen Namen, den ich las, aber gerufen wurde sie „Vera“. So stand es unter dem Foto. Ein Schwarz-Weiß-Porträt aus ihrer Jugend, im Internet. Sie hatte dunkle, wellige Haare, sie lächelte mit hübschen kleinen weißen Zähnen. Ihr Lächeln ist die Gewissheit, geliebt zu werden, von Mutter und Vater und Schwester, von der Welt, belohnt zu werden, wenn man es verdient, beschützt zu werden, wenn man schwach ist, und, davon abgeleitet: Erwartungen von Frieden, von Erbarmen, von Gerechtigkeit. Wäre ich an Beweisen interessiert, könnte dieses verträgliche, fröhliche, kindliche Gesicht sich einfügen in eine Reihe von Untersuchungen, von biographischen Ausgestaltungen, es könnte der Anfang einer Recherche sein. Aber daran bin ich nicht interessiert, ebenso wenig wie an dem Gefühl, das mit Tränen aus mir heraussickern könnte, feuchte, trübe, schmelzende Weichheit, wohlfeiles, schamloses Mitleid – nein! Ich will – ja, was? Etwas wollen und zugleich davor zurückschrecken: Könnte man es so beschreiben, wenn man versucht, sich Schock, Angst, Schmerz zu nähern? Der eigenen Angst und der Angst der anderen, dem eigenen Schmerz und dem der anderen, dem eigenen Tod und dem Tod der anderen – gäbe es Ähnlichkeiten, Übereinstimmungen, Gemeinschaft? Deshalb also, mit diesen Fragen und solchen Überlegungen im Hintergrund, bin ich auf sie gestoßen: Vera, *die Wahre*. Nicht jener unkrainische Name, der gerichtlich bezeugt, mit Daten, Akten, Dokumenten versehen, unwiderlegbar ist, doch für mich kaum von Belang. Nicht das Gesicht auf dem Foto, nicht die Zeugin aus dem Protokoll, sondern ein Schattenwesen, das in mich einfiel: *meine* Vera. Ein Geist, den ich dazu bewegen will, in der Nähe zu bleiben, um meiner Geschichte willen.

Meine Geschichte, die Geschichte einer jugendlichen Verzweiflung, kann man es so nennen? Eine banale Geschichte, eine geradezu lächerliche, nahezu frivole Geschichte angesichts von Veras Geschichte, wie ich sie mir vorstelle und erzählen will, heute, über 50 Jahre danach. Ich war ein Teenager, als ich Vera (vielleicht) begegnete, ohne sie zu sehen, an einer Kreuzung in Darmstadt, an einem Tag Ende April. Ich war ein Teenager, als ich in meinem Elternhaus ins Bad ging und das Röhrchen mit den Schlaftabletten meines Vaters leerte. Dann ging ich in mein Zimmer, ließ den Rollladen herunter, legte mich aufs Bett und wartete, dass mich jemand fand. Natürlich begriff ich nicht, was ich damals schrieb: „Ich will sterben." Aber heute, mit 70, dem Tod näher denn je, will ich begreifen, warum ich es tat. Und was hat Vera damit zu tun, von deren Geschichte ich erst über 50 Jahre nach ihrem kurzen Aufenthalt in Darmstadt erfuhr, deren Erscheinen überhaupt bei niemandem Aufsehen erregte und nur dem *Darmstädter Echo* eine kleine Meldung wert war? Plötzlich stört, bedrängt, bestürmt mich die Geschichte meiner jugendlichen Verzweiflung, als hätte ich sie bisher noch nicht erfahren, als könnte ich sie erst begreifen, wenn ich Veras Geschichte mit ihr verbinde, als wäre ich bisher blind gewesen und könnte nur sehend werden, indem ich mir nachträglich eine Erfahrung zuschreibe, die ich damals versäumte. Als bräuchte meine kleine, nicht besonders originelle Geschichte den Rahmen von Veras Geschichte, um wahr zu werden oder um sich aus einem irgendwie beunruhigenden, unbestimmten, luftigen Zustand in etwas zu verwandeln oder zu verfestigen, was überhaupt erst Erfahrung genannt zu werden verdient. Eine Frage, die zu lange ungelöst geblieben ist, etwas, was nicht aufgeht, eine Fehlstelle, ein nicht verschließbares Loch in einem elastischen

Ganzkörperanzug namens „Identität". Kann es dafür eine Lösung geben? Trägt die Realität immer den Sieg davon? Definition von Realität: Es ist, wie es ist. Lasst die Toten ihre Toten begraben! Nein, keine Lösung, aber vielleicht eine Antwort, eine Art Antwort, die darin besteht, immer wieder zurückzukehren an die Stelle, immer wieder das Fehlende aufzurufen, heranzuziehen, herbeizuzitieren, immer wieder das Ja-ja zurückzuweisen, das Nein mit den Lippen zu formen, bis man es aussprechen kann. Kann ich heute, über 50 Jahre danach, noch einmal dorthin gehen, in mein Zimmer, wo ich, mitten am Tag mit heruntergelassenem Rollladen auf dem Bett liegend, meinen stummen Hilfeschrei ausstieß, kann ich, indem ich von Vera erzähle, mich selbst dazu bewegen, aus dem tiefen Schlaf zu erwachen, in den ich gesunken war, weil ich das Leben im Nirgendwo, in der Schattenlosigkeit, der Bodenlosigkeit nicht mehr ertrug? Kann ich mich selbst finden, bevor meine Mutter kommt, die vergeblich versucht, mich wachzurütteln, bevor der Rettungswagen kommt, bevor man mir den Magen auspumpt, bevor eine Psychologin hormonelle Unausgewogenheit konstatiert und die Röhrchen mit den Schlaftabletten meines Vaters aus dem Badezimmer verschwinden? Heute, mit 70, will ich die Geschichte so erzählen, dass mir klar wird, wo ich stehe, auf welchem Boden, was mir fehlt. Ich will Vera rufen, um zu erkennen, was damals im Schatten lag, ich will sehend werden durch ihren Blick. Ich will zwei Zeiten miteinander verbinden, meine Zeit und ihre Zeit, und etwas aus mir machen, was ich nicht war. Mehr als die Hilflosigkeit und Fürsorge meiner Eltern, mehr als alle Untersuchungen, die man mit mir anstellte, weil man sich meine Tat nicht erklären konnte, mehr als den kühlen Zuspruch der Psychologin, den ich nach meiner Rettung eine Zeitlang über mich ergehen ließ, brauche ich heute den Schmerz, der mir vorenthalten wurde, die Angst, über die man nicht sprach, die Vergangenheit, die man beendet zu haben glaubte. Ich brauche Vera. Ich glaube an sie. Ich glaube an ihren heilsamen Blick, über die Zeiten hinweg, außerhalb der Zeit, in den Worten, die ich für sie finde, um sie zurückzuführen in die Welt, *unsere* Welt. Ich weiß nicht, wer sie ist. Ich kann nur von dem Schattenwesen sprechen, auf das ich stieß, als ich heute, mit 70, das Protokoll ihrer Aussage von 1968 las, als sie sich einen Vormittag lang in meiner Nähe aufhielt, ohne dass ich es wusste, in Darmstadt, wo ich wohnte. Seitdem drängt sie sich mir auf, nimmt jeden Tag ein bisschen mehr Platz ein und schnürt mir die Luft ab. Um das Schattenwesen loszuwerden, um mich nicht länger vor ihm zu fürchten, muss ich ihm einen Namen geben, es in Worte und Sätze verwandeln. Um wieder atmen zu können. Um den Boden zu spüren, der unter meinen Füßen ist, einen Ort zu finden, statt dem Nirgendwo.

Einmal sah ich sie: in einem Youtube-Video. Als sie 1946 vor dem sowjetischen Militärtribunal aussagte. Da stand sie in einer Menge von Menschen an einem Pult. Eine Frau im Profil, nicht groß, eher kräftig und schlank, aufrecht, mit dunklem, aus der Stirn gestrichenem Haar. Sie ist 35. Das Haar reicht bis kurz über den Kragen ihrer hellen, taillierten Strickjacke, es endet in einer Welle, es sieht aus wie von einem billigen Friseur geschnitten. Die Augen liegen tief, das Kinn ist rund und weiß. Der linke Arm ruht auf dem Pult, der rechte Arm ist nicht zu sehen. Ihr Körper hat kein Volumen. Immer wird sie dort bleiben, an ihr Pult geheftet, ohne dass die Kamera versuchen würde, sie näher heranzuholen. Denn es ist besser so – es ist besser, sie bleibt weit weg, bleibt uns vom Leib. Das hat die Kamera begriffen, alle begreifen es. Der Krieg ist ja erst ein Jahr vorbei, und worüber sie spricht, liegt erst fünf Jahre zurück. Die beiden Frauen, die ein paar Meter von ihr entfernt sitzen, an einem mit einem schwarzen Tuch bedeckten Tisch – wo sind sie gewesen vor fünf Jahren? Und die Männer auf der Tribüne, mit ihren Mützen und Schnurrbärten, mit eckigen Schultern in ihren Uniformen? Mit neugierigen skeptischen verwunderten ungläubigen fassungslosen Blicken. Man spürt ihr Unbehagen, weil sie ihre Augen immer wieder abwenden, ihre Ohren aber nicht verschließen können. Man spürt das Unbehagen beim Hören dieser Stimme, die sie als künstlich, als übertrieben empfinden mögen und vielleicht ihrer Ausbildung als Schauspielerin zuschreiben (sie war nämlich Schauspielerin am Kiewer Puppentheater). Man merkt den Männern an, dass etwas sie angreift, sie nehmen plötzlich ein weiches Gewicht wahr, das von innen an den Stoff ihrer Uniformen drückt, sie spüren die Knöpfe, die Tressen, die Nähte. Wie hart ist die Uniform auf einmal, die sie so viele Jahre lang mit sich herumschleppten, den Krieg hindurch, ein Korsett, ein Käfig, dem sich ihr Körper anpasste, bis sie ihn nicht mehr fühlten. Vielleicht haben sie schon so viel gesehen, dass ihre Augen den Dienst quittierten. Vielleicht gibt es einen Apparat in der Uniform, der das Mustern und Prüfen für sie übernimmt. Sehen sie die Frau, die am Pult steht? Sie lassen sie reden. Aber jeden Augenblick kann es passieren, dass sie sie unterbrechen, ihr Einhalt gebieten, dass jemand aufsteht und sagt: Die Redezeit ist überschritten. Oder: Das tut nichts zur Sache. Oder einfach: Genug! Wie es später auch in Darmstadt passieren wird. Man lässt sie reden, aber nicht ausreden. Wo käme man hin, wenn man das täte?

Nur ihre Stimme ist zu hören in der Menge der Menschen, die den Hals recken unter ihren hohen Mützen und groben Haarschnitten und sich vorbeugen, um besser zu hören. Ihre helle, feste, unerschütterliche Stimme, ihre getragene Stimme – von was getragen? Ich höre ihr zu. Höre diesem Foto-Audio-Wesen, dieser Geisterstimme auf meinem Bildschirm zu, schließe die Augen, um besser zu hören, verstehe nichts. Die englischen Untertitel erklären mir nicht, was sie sagt. Seitdem sie sich zum ersten Mal bemerkbar machte, kann ich nicht mehr aufhören, ihrer Stimme zu lauschen, auch wenn ich nicht verstehe, was sie sagt. Ich merke, wie riesengroß und leer der Raum ist, in dem ich gehe, seit Jahrzehnten gegangen bin, seit meiner Geburt gegangen bin, halb blind, halb taub, ein Raum aus sehr leisen, zitternden, sich überkreuzenden, unverständlichen Botschaften, und ich gehe mitten unter ihnen und höre immer nur das Falsche. Ist das das Leben gewesen? Habe ich es verpasst? Ihre Stimme fährt fort zu reden, zu deklamieren. Sie sagt etwas, was sie nicht betrifft. Ja, als wäre nicht sie es, die das alles erlebt hat, sondern eine andere – jene andere, die unter den Toten begraben war, die sich unter dem Berg der Erschossenen regte und schließlich darunter hervorkroch, jene andere, die die Augen öffnete, *mit Blut übergossen*, und wieder lernte zu atmen, *Erde im Mund*, Hände und Füße zu bewegen, der es gelang, unbemerkt von den Mördern die steile Sandwand der Schlucht zu erklimmen und sich zu retten –, und als stünde sie nur als Stellvertreterin dieser anderen hier, eine Wiedergängerin, eine Untote, ein Gespenst, und müsste für sie sprechen und käme nie zum Ende, wenn man sie nicht unterbrechen würde. Wenn nicht jemand riefe: Halt! Genug! Das tut nichts zur Sache! Sie würde immer wieder anfangen zu reden. *Eines Abends kam ein großer deutscher Mann in unsere Wohnung und suchte nach Juden.* Sie würde ihrer Erzählung immer wieder, als Auftakt, die kleine Szene voranstellen, wie die Soldaten im Hof Jagd machten auf eine fremde Frau, in ihrer Stadt, Kiew, in ihrem Hof, vor ihrem Fenster, wie die fremde Frau von einer Tür zur anderen lief, auf den Trockenboden lief, aufs Dach lief, die Dachrinne hinunterrutschte, und hinter ihr die Soldaten – halt! Genug! Wie damals in Darmstadt. Welche Uniform haben die Männer getragen? Was ist mit den Leichen passiert? Wie viele waren es? Keine weiteren Fragen. Wie damals, als uns in der Aula der Film über Bergen-Belsen gezeigt wurde. Das Stühlerücken und Mantelanziehen und Fensteraufmachen und Reden und Schlurfen und Fahrradklingeln und Anfahren der Autos draußen war danach so laut wie nie zuvor, kilometerweit setzte es sich fort, reichte bis zum Ende der Straße, der Stadt, der Welt. Deshalb ist Veras Stimme so getragen. Es ist dieser Lärm, unser Lärm, unser lärmendes Schweigen, unser Alltagsradau, der sie trägt, dem sie sich anvertraut wie eine Schwimmerin einem aufgewühlten, schmutzigen, sich ewig hin und her wälzenden, donnernden Meer. So hat sie an verschiedenen Stellen und zu verschiedenen Zeiten von dem gesprochen, was hinter ihr liegt, hat so vom Lärm getragen und über den Lärm hinweg gesprochen, nicht auf sicherem Boden, nie mehr auf sicherem Boden, Wiedergängerin, Botschafterin der Toten, und wenn ich sage, sie sei in meiner Nähe, meine ich nicht die Stimme, nicht *diese* Stimme, sondern den leiseren, geisterhaft bebenden Ton dahinter. (Ein Echo?) Am Anfang kaum vernehmbar, doch allmählich deutlicher geworden, scharf, fast materiell, fast wie ein Splitter, in mich eingedrungen, eingewachsen, wie die Granatsplitter, die Kriegsopfer in ihrem Körper tragen, unsichtbar, schmerzhaft, aber vertraut.

In Darmstadt war sie 57, ich 14. Ein Tag im April. Ich stand zu spät auf, wie immer. Amselgesang im Morgengrauen. Wir wohnen in einem Neubaugebiet am Stadtrand, der Wald ist nah, der Weg zu unserem Haus noch nicht geteert, wenn es regnet, gibt es tiefe Spurrillen mit bläulichen Steinchen darin. An diesem Tag ist schönes Wetter. Ich sitze am Tisch und schlinge das Frühstück hinunter, das mir meine Mutter hingestellt hat. Das *Darmstädter Echo* liegt aufgeschlagen vor uns. (Am nächsten Tag stand etwas über den Prozess darin. Habe ich den kurzen Bericht gelesen? Streifte ich die Worte „Grube", „Fangschüsse" in der Überschrift? Sind es diese Worte, die sich in mir festsetzten und jetzt jene Unbekannte in mir wachrufen, die ich Vera nenne?) Ich hole mein Rad aus der Garage und fahre in die Schule. Ich sehe meinen Schulweg vor mir: zuerst bergauf, am letzten alten, halb zerfallenen Haus vorbei, das es noch gab, an dem dazugehörigen überwucherten Garten vorbei, an einem neuen Haus mit Rasen und Schwimmbad vorbei, an der Weggabelung mit Haselnusssträuchern, aus deren Holz mein Vater Wanderstöcke schnitzte, vorbei, dann nach links, die Anhöhe entlang, an der Wiese mit Kirschbäumen vorbei (auch die Kirschbäume gab es bald nicht mehr), an der Kapelle der Marienschwestern vorbei, dann in einer breiten Kurve wieder bergab. Manchmal hielt ich an, wenn ich oben war. Vor mir die Wiese, dahinter die Ebene unter den großen, weißen, rötlich oder orange gesäumten Wolken, die am blauen Himmel entlangsegeln, die Häuser, die Vororte, die amerikanische Kaserne, die Fabriken mit ihren Schloten, ihrem Rauch, am Horizont die Autobahn und dahinter ein blinkender Strich: der Rhein. Darmstadt. Die Oberrheinische Tiefebene. Heller, kühler Frühlingsmorgen mit blühenden Kirschbäumen und ziehenden Wolken. Das trockene Geräusch der Kiefern im Wind, der dünne Glockenton der Kapelle der Marienschwestern, der durchdringende, stählerne Ruf der Fasane am Waldrand. 56. Verhandlungstag. Ein Montag. Um 8 Uhr 30 ist Prozessbeginn. Alle Gerichtspersonen sind vollzählig erschienen. Die Angeklagten mit ihren Verteidigern. Die Dolmetscherin. Die Zeugin.

Sie wird belehrt. Sie macht ihre Angaben zur Person. Sie beginnt ihre Erklärung zur Sache mit dem Satz, keinen der Angeklagten zu kennen.

Am Tag zuvor ist sie auf dem Frankfurter Flughafen angekommen. (Kam sie in Begleitung? Gab es jemanden, der dafür zu sorgen hatte, dass sie sich nicht zu antisowjetischen Äußerungen hinreißen ließ? Ich weiß es nicht. Für *meine* Vera ist es nicht von Belang.) Man holte sie ab. Am Terminal muss sich ein Abgesandter des Gerichts eingefunden haben, ein älterer Herr, vielleicht, in gut sitzendem Anzug und leichtem Mantel, glattrasiert, gewandt, mehrsprachig, zivilisiert. Er zückt einen Ausweis, mit dem er überall passieren kann. Er hält ein Schild, auf dem ihr Name steht. Oder hat man ihm ein Foto geschickt? Er muss nicht lange nach ihr suchen. Er erkennt sie gleich, als sie, nach allen anderen – ein paar Botschaftsangehörigen, vielleicht, und einer Reihe eiliger Geschäftsreisender, die zu ihren wartenden Geschäftspartnern laufen, Hände schütteln, radebrechen –, mit ihrem kleinen Koffer in die Halle tritt. Es ist nicht schwer, sie von diesen Leuten zu unterscheiden. Sie zögert. Wirkt unsicher (eingeschüchtert, verwirrt, erstaunt?). Doch keine Angst: Der ältere Herr weiß, was er zu tun hat. Sie ist nicht die erste Zeugin, die er hier abzuholen hat. Zielsicher wird er auf sie zugehen. Planmäßig wird er ihr die Hand hinstrecken und einen Willkommensgruß äußern.

Warum ist sie hergekommen? Vielleicht fällt es ihr in diesem Moment nicht mehr ein. Vielleicht wundert sie sich plötzlich, dass sie eingewilligt hat, diese Reise zu machen. Dass sie so gutgläubig gewesen ist. Sich von den Versprechungen blenden ließ, eine vage Hoffnung für die Wirklichkeit nahm. Wie die anderen Reisenden hat sie ihren Pass am Schalter unter der Scheibe durchgeschoben. Der Uniformierte hebt den Kopf. *Rette dich, Töchterchen!* Von jetzt an, weiß sie, muss sie eine andere sein. Unerschrockener Blick, aufrechte Haltung. *Ich nahm mich fest in die Hand und versuchte mich vollkommen zu beherrschen, vor allem meine Stimme.* Sehen Sie mir in die Augen! Es sind nicht solche Augen. Und meine Nase, klein und gerade, wie eure. Sehen Sie! (Lärm ringsum, weinende Kinder, Geschrei.) Schauen Sie mich an! Ich bin wie ihr! Mit jenen dort habe ich nichts zu tun, sie sind tot. Ich bin nur die *Begleitperson*. Sie hört ihr Herz klopfen. Sie muss sich auf sich selbst verlassen. Sie hat gelernt, sich auf sich selbst zu verlassen. Oder nicht? Hätte sie sonst eingewilligt, zu kommen? Sie hat das alles viele Male durchgespielt, zu Hause, in ihrer Einzimmerwohnung in Kiew, den Flug, die Ankunft, die Passkontrolle, Männer, die sie abholen, das Hotel, die kurze Fahrt zum Gericht. So stelle ich es mir vor. Sie ist nachts aufgewacht, hat den Brief aus dem Umschlag genommen, den Brief aus Frankfurt, den Brief mit der Unterschrift des Generalstaatsanwalts (niedrige, nach rechts geneigte, rasch gezogene, doch akkurate Buchstaben), hat ihn glattgestrichen, gelesen, wieder gelesen. Man wird sie abholen. Auf sie aufpassen. Es wird nichts passieren. Sie hört ihr Herz klopfen. Sie ist in das winzige Bad gegangen, in dem Wäsche trocknet, hat Licht gemacht, ihr Gesicht im Spiegel betrachtet. Ihr neues, alt gewordenes Gesicht. (27 Jahre sind vergangen. 27 Jahre, seit sie aus der Grube kroch.) Sieh mich an! Ich bin wie ihr! Als könnte der Spiegel beweisen: dass sie die andere ist. Gerettet ist. Lebt. Blinder Spiegel! Was weiß er schon?

Sie hat also dem Uniformierten den Pass hingeschoben, als sie an der Reihe war. *Ich habe mir damals nicht genau angeschaut, was für Uniformen es waren.* Der Uniformierte stutzt, telefoniert. Oder er winkt einen anderen herbei, der sie zu einem anderen Schalter führt, weiter weg. Neuerliche Begutachtung ihres Passes. Datum, Stempel, Unterschrift. Vergleicht der Mann das Foto mit ihrem Gesicht? (Wie sieht sie aus? Sie ist jung. Sie hat Angst.) Sie hält seinem Blick stand. Weist ihn in die Schranken. Starke, lachende Zähne. (Blaue Augen?) Braungebrannter Hals, Maschinengewehr. *Wenn du am Leben bleiben willst, schläfst du mit mir.* Aber es gibt keine Schranken mehr. Er darf alles, kann alles. Mit einem Schlag ist das Bild scharf. *Mir war klar, dass es keine Rückkehr mehr geben würde.* Das Lachen des Soldaten fährt ihr in die Magengrube wie eine Faust. Die Eltern, die Schwester sind noch in der Nähe, warten in der Schlange, mit den anderen. Ausziehen! Los, schnell! Kleider auf die eine Seite, Lebensmittel, Schmuck auf die andere. Sie ist die Einzige, die Bescheid weiß. Die Hoffnungen der letzten Zeit – sie haben davon gelebt, sich daran geklammert – fallen in sich zusammen wie Marionetten, denen man die Schnüre abschneidet. Man hat sie belogen, in die Irre geführt. Die Schlange ist nicht die harmlose Schlange, die sich bildet, wenn sie nach Brot anstehen oder Kartoffeln, wie jeden Tag seit Kriegsbeginn. Es ist eine böse Schlange, eine tödliche Schlange. Die Soldaten schreien, schlagen, starren. Die Schwester nackt. Die Mutter. Gedränge, Gebrüll. *Wenn man da stand und versuchte, sich mit den Händen zu schützen, um nicht ganz nackt dazustehen – denn das Anstands- und Schamgefühl erlaubte einem Menschen auch angesichts des Todes nicht, nackt dazustehen –, gab es Schläge.* Die Mutter ruft ihr etwas zu. Die Ohren hören es, melden es dem Gehirn: *Rette dich, Töchterchen!* Kleider auf diese Seite. Erst die Schuhe, dann Tuch, Jacke, Rock, Bluse, Unterhose, Unterhemd auf den wachsenden Stapel der Tücher Jacken Blusen Röcke Unterhosen Unterhemden. *Rette dich, Töchterchen!* Weiter, weiter! Den meisten wird erst, als sie am Rand der Grube stehen, klar, dass es zu spät ist. Maschinengewehre haben sie schon viele gesehen – seit Monaten ist die Stadt vom Krieg beherrscht –, aber sogar als der Kommandierende die Hand hebt und die Männer ihnen gegenüber anlegen, überlegen sie noch fieberhaft, ob es nicht auch ein Traum sein könnte, aus dem sie im nächsten Moment erwachen. So stelle ich es mir vor. (Ich habe Bilder gesehen. Ich habe Schilderungen gelesen. Ich habe nichts erlebt. Ich habe mir, wachliegend in der Dunkelheit, alles immer nur vorgestellt.) Nur Vera weiß, dass sie nicht träumt. *Keine Rückkehr.* Aber sie darf nicht zulassen, dass dieses Wissen die Oberhand gewinnt, denn es würde sich ihrer Glieder bemächtigen, sie ihrer Kraft berauben, ihr den Lebenswillen austreiben. *Keine Rückkehr.* Sie muss also wissen und vergessen, der Wirklichkeit begegnen und der Wirklichkeit entkommen, hoffen ohne Hoffnung: stark sein. Dem Lachen des Mörders standhalten. Seinem Blick standhalten. Jetzt gibt er ihr den Pass zurück. Er hat etwas gesagt. Oder nicht? Sie hört ihn reden, es ist die Sprache, die sie kennt. Er macht eine Handbewegung. Weiter! Es fährt ihr in den Magen. Sie muss jetzt aufpassen, dass sie weiter atmet, nicht schwankt, nicht stehen bleibt, wirklich weitergeht auf ihren zwei Beinen und den Koffer nicht fallen lässt. Sie hat sich selbst versprochen, dass nichts passieren wird, nachts, als sie daheim im Bad ihrer Einzimmerwohnung in Kiew ihr Gesicht im Spiegel betrachtete. Sie hat gelernt, auf ihr Gesicht zu achten. (Ein Gesicht wie jedes andere. Sähe ich es irgendwo auf der Straße oder in der Reihe derer, die mit mir im Supermarkt an der Kasse stehen, im Kino sitzen, im U-Bahnhof auf die U-Bahn warten, sagte es mir nichts.) Augen, Ohren, Mund, dunkle, wellige Haare, energisch aus der Stirn gekämmt. Ein Youtube-Gesicht, Schattengesicht, Gespenstergesicht, halb aufgelöst in Dunkelheit.

Die Dunkelheit ist es, die uns verbindet, Vera und mich, heute, über 50 Jahre nachdem sie in Darmstadt auftauchte, wo ich geboren wurde und zur Schule ging. Dunkelheit, in die ich mich sinken lasse wie in tiefes Wasser, um das Andere zu finden, *die Andere*, die zu mir spricht, Dunkelheit, Zuflucht der Untoten und Lebensmüden, Dunkelheit, Fluss der murmelnden Stimmen und undeutlichen Bilder. Ist das gemeint, wenn man „Erinnerung“ sagt? Ich brauche ihr Gesicht, das ich Vera nenne, um herauszufinden aus dem ewigen Nirgendwo, dem blinden Ja-ja, um die taube Erde zum Klingen zu bringen, den Boden wieder unter meinen Füßen zu spüren, den um mich herum wirbelnden Dingen Festigkeit zu geben, Maß und Sinn. Deshalb kommt es mir heute so vor, als sei sie aufgetaucht, weil ich sie rief, obwohl es sich vielleicht in Wahrheit andersherum verhielt: Ist sie nicht nach Darmstadt gekommen, um mir die Augen zu öffnen? War es zu früh? Ich war 14, ich hatte andere Sorgen. Selbst wenn wir uns an der Kreuzung in Darmstadt getroffen hätten, wo ich neben meinem Rad an der Ampel wartete, sie im Auto der Staatsanwaltschaft saß, auf dem Weg zum Gericht, ich auf dem Weg zur Schule, selbst wenn ich sie damals bemerkt hätte, eine Frau von 57 auf dem Rücksitz, eine Frau mit grauem Haar in einem abgetragenen blauen oder braunen Wintermantel, eine Frau, die mir alt vorgekommen sein muss und mich schon deshalb nicht interessierte, und selbst wenn ich einen Blick mit ihr gewechselt hätte, wie ich es mir heute so gern vorstelle – ich hätte ja nichts gesehen! Meine Zeit war die unumschränkte Herrscherin, nur sie sprach, nur sie verteilte ihre Aufgaben und ließ die Münder sich bewegen in ihrem ewigen murmelnden Ja-ja, und die Ritzen waren sorgsam abgedichtet, die Spalten und Risse in den neuen Wänden, den neuen Häusern der neuen Wohnviertel am Stadtrand, durch die Ahnungen anderer Zeiten hätten dringen können, um sich – aber nur im Schlaf, im Dunkeln, oder wenn jemand, vielleicht, zu viele Tabletten genommen hatte – den Hörenden bemerkbar zu machen. Meine Zeit war die siegreiche Zeit. Ich war ein Teenager, ich kannte nur diese eine Zeit, auch wenn ihre unumschränkte Herrschaft schon da und dort bröckelte. Es war 1968, es kamen Meldungen aus Paris, aus Berlin, aus Frankfurt, mein Vater saß in der Küche vor dem Radio, mit gestrecktem Hals, mit einer Hand den kleinen Apparat umklammernd, wie erstarrt in der Anstrengung des Hörens. Sie müssen verrückt sein, sagt er. Sie wissen ja nichts. Sie machen ja alles kaputt. Und weil ich ihn so hören sah und so reden hörte – solche Sätze sagte er immer zu mir gewandt, und immer hörte ich auch das Gegenteil in ihnen, hörte nicht Geringschätzung und Abwehr, sondern Staunen, Bewunderung, ja Hoffnung! –, begann auch ich, aufmerksam zu werden und die Ritzen abzutasten, durch die wie Nebel, wie kalte Luft, die Witterungen anderer Zeiten, anderer Räume drangen, und spürte vielleicht manchmal, widerstrebend, zweifelnd, etwas von jenem Schrecken, der noch keine Form und keine Sprache hatte, aber mächtig genug war, um Beunruhigung auszulösen, Angst auszulösen, Schlaflosigkeit.

Ich war 14, ich wohnte nirgends. Alterslos, gesichtslos die Häuser der Stadt, überwucherte Ruinen im Scheinwerferlicht der Sonne, neue Häuser, neue Straßen, weit hinter uns der Anfang, der, nur vier Jahre vor meiner Geburt, verkündet worden war. Meine Eltern glauben daran. Mein Vater verdient gut, überall werden neue Fabriken gebaut, das Rhein-Main-Gebiet floriert, meine Mutter kauft neue Möbel, strenge, nüchterne skandinavische Möbel, kein Zierrat mehr, keine Schnörkel, kein Schwulst, es zählen die Tatsachen, Leistungen, auf die man bauen kann, harte Arbeit, harte Währung, es ist, wie es ist, und lasst die Toten ihre Toten begraben. Aber in meinem Zimmer wird es nicht ruhig in der Dunkelheit, Stimmen machen sich bemerkbar, körperlose Stimmen, Echos, vielleicht, von Stimmen, die es anderswo gab. Was wollen sie mir sagen? Sie fragen, wer ich bin. Ein unbeschriebenes Blatt? Ich bin die Tochter meiner Eltern. Ich wohne in einem Haus am Stadtrand, ich habe mein eigenes Zimmer, einen Plattenspieler, einen Schreibtisch, ein Bücherregal, auch mein Bruder hat ein eigenes Zimmer mit den entsprechenden Sachen darin, morgens singen die Amseln, es ist Ende April, meine Mutter ist Hausfrau, mein Vater Jurist. Er nimmt seine Aktentasche und schließt das Auto auf, das vor dem Haus steht, er fährt „ins Werk". Morgens darf man ihn nicht ansprechen, im Bad der Geruch seines Rasierwassers, am Frühstückstisch blättert er stumm im *Darmstädter Echo*, ohne auf mich und meinen Bruder zu achten, als wären wir nicht da. Aber ich bin da, und ich habe etwas gehört. Seine Schritte nachts, wenn er aus dem Schlafzimmer kommt und ins Bad läuft, das weiße Schränkchen öffnet und das Röhrchen mit den Tabletten herausholt, die er braucht, um schlafen zu können. Ich wache auf von seinen Schritten. Ich höre in diesen Schritten etwas, was nicht für meine Ohren bestimmt ist, ich höre Beunruhigung, ich spüre etwas, was woandersher kommt, aus der Dunkelheit, aus einer anderen Zeit. So stelle ich es mir vor, heute, über 50 Jahre danach, während die Stadt der Gespenster, die Stadt der Vergessenen und Untoten, Veras Stadt, auf einmal wieder Wirklichkeit ist und einen Namen erhält, der von Vernichtung spricht, von frostigen Kellern, von Bombenkratern, von Gruben voller Blut. Gibt es einen Zusammenhang? Das ist die erste Frage, die wichtigste Frage, von deren Antwort alles abhängt. Habe ich nicht behauptet, es bestünde eine Verbindung zwischen mir und jenem geisterhaften Wesen, das ich Vera nenne? Nahm ich nicht an, jenes geisterhafte Teenager-Ich, das ich vor über 50 Jahren einmal war, zu kennen? Nein, ich kenne es nicht. Oder genügen Vorstellung, Einfühlung, Phantasie? Ich habe etwas gehört, was weiterwirkte in der Dunkelheit, Gesichter hervorbrachte, Stimmen, Echos, die heute noch in meinem Zimmer widerhallen, laut genug, um mir den Schlaf zu rauben, und habe angefangen, etwas davon festzuhalten. Denn nicht ich erzähle. (Wer sonst? Führt Vera mir die Hand?) Ich taste mich halb blind am Boden entlang, stocke ständig, lasse mich ablenken und weiche zurück, fürchtend, spürend, dass sich mir alles entzieht. Etwas Namenloses, etwas wie schwere Luft, zäher Nebel, undurchdringlicher Schatten verhindert Klarheit. Immer wieder reißt der Faden, immer wieder verliere ich die Verbindung, die ich brauche, um zu sprechen, zu fragen, weiter zu fragen, mich wie durch einen Panzer hindurchzufragen, der einen weichen, verzweifelt atmenden Körper umschließt, durch den eisernen Willen zum Weitermachen, zum Niemals-Innehalten, durch die Gleichgültigkeit, die alltägliche Betäubung hindurch, die mich gefangen hält. Doch die Idee verfliegt nicht. Ich halte an ihr fest, halte mich an ihr fest. Es mag zweifelhaft, es mag abenteuerlich sein, aber mir ist, als sei ich in jenem Jahr, in dem ich 14 war, tatsächlich an einer Kreuzung in Darmstadt von einem Gespenst namens Vera aufgestöbert worden, damit ihre Geschichte nicht verlorengeht. (Genügen denn die Worte nicht, die von Vera überliefert sind? Können Worte genügen? Sind nicht in jedem ihrer Worte hundert Fragen enthalten, die gehört werden wollen?) Als hätte ich in jenem Jahr die Grenze überschritten, die das Kind vom Erwachsenen trennt, als hätte ich bei diesem Schritt in die Zukunft auch einen Blick in die Vergangenheit erhascht, die unvorstellbar geworden war, hätte mich also schließlich der allesentscheidenden Erkenntnis genähert, dass die Welt lügt: Nichts ist, wie es ist.

Warum ist sie hergekommen? Jetzt weiß sie es wieder (wie ich es weiß, wenn ich im Dunkeln wachliege und ihr Gesicht vor mir sehe), als die Glastür sich vor ihr öffnet und sie hinaustritt in die Halle des Frankfurter Flughafens, in den betäubenden Lärm der Leute hinein. Wie leichtfertig sie reden, die Reisenden, die Geschäftsleute, die Sprecherinnen der Durchsagen, wie leichtsinnig, einfältig, gedankenlos! Ja, sie war zurückgeschreckt: vor der Sprache, ihrem fremden, altbekannten Klang, ihrem Geschmack im Mund, in der Halle, aber es dauerte nur einen Moment. Dann trat jemand auf sie zu, streckte ihr die Hand hin, nannte ihren Namen. Ein alter Mann, halb kahl, ohne Uniform. Er kommt ihr nicht zu nah, bleibt in gebührendem Abstand vor ihr stehen. Jetzt ist das anfängliche Zögern überwunden, sie weiß wieder, was sie zu tun hat, ist wieder bei sich: bei den Toten, denen sie verpflichtet ist. Nur Worte sind von ihnen geblieben. Ihre Geschichte liegt schon lange in ihr bereit. Deshalb ist sie hier: um von ihnen zu sprechen. (Damit ich es höre. Damit wir es hören. Damit die Welt es hört.) Sie fasst sich also. Schwankt nicht, erlahmt nicht. *Trotz der vielen Schläge ging ich aufrecht weiter.* Die Worte, die sie auszusprechen hat, deren Ton sie schon lange im Ohr hat, die ihr auf der Zunge liegen, sind sicher in ihr, in einem Raum, den sie in sich geschaffen hat, jenseits des Körpers, jenseits der Zeit. Die Worte warten darauf, angestimmt zu werden und zu klingen.

Der ältere Herr ist ganz in seinem Element. Er strahlt Milde und Freundlichkeit aus. Es gehört zu seinen Stärken, schüchternen subalternen Gesprächspartnern die Befangenheit zu nehmen. Zeugen aus dem Osten kann er auf den ersten Blick von den Geschäftsreisenden unterscheiden, die vor Vera in die Halle des Frankfurter Flughafens hinausgetreten sind, nachdem sie Pass- und Zollkontrolle passierten. (Es werden ja jetzt wieder Geschäfte gemacht, große Geschäfte, auch mit dem Osten, es wird gekauft und verkauft, investiert, Geld verdient. Uniformen sind keine mehr zu sehen, fast keine. Nur noch an der Grenze, dort, wo die Stadt in eine weite Ebene übergeht, Häuser Fabriken Autobahnen und der Dnjepr im Hintergrund, mit den Erosionsrinnen, sandigen Gruben und Schluchten, die er sich im Lauf der Jahrtausende geschaffen hat. Oder in der Luft, im Traum, in der Dunkelheit.) Sie ist nicht groß, nicht mehr jung, 57. Sie braucht keinen Wagen für ihr Gepäck. Sie hat nur diesen kleinen altmodischen Koffer dabei, einen Koffer, wie man ihn bei uns in Darmstadt höchstens noch im Keller stehen hat. Ist sie im Lauf der Jahre etwas fülliger geworden? Der Koffergriff hart und schweißfeucht in der Hand. Der Rock mit Sitzfalten nach dem langen Flug. Die Schuhe mit Absatz, unmodern, plump, ganz anders als die Schuhe in unseren Schaufenstern. Blauer oder brauner Wintermantel, mit Kunstpelzkragen. (Trug man so etwas in dieser Zeit, dort, wo sie herkommt?) Sie trägt diesen Mantel jeden Winter. Es war ihr nicht bewusst, dass es hier schon viel wärmer ist, jetzt, Ende April, dass man hier keinen Wintermantel mehr braucht. Das Haar ist nicht mehr schwarz. Hat sie ihr grau oder weiß gewordenes, immer noch welliges Haar gefärbt? (Tat man das zu dieser Zeit, dort, wo sie herkommt?) Steht sie noch so aufrecht, wie sie vor dem sowjetischen Militärtribunal stand (das ist 22 Jahre her), springt das Kinn vor, hat sie Falten im Gesicht, Ringe unter den Augen? Der ältere Herr erfasst Koffer Schuhe Handtasche Wintermantel mit einem Blick. Dann das Gesicht. Die Augen. Vielleicht hat er sich gewappnet. Vielleicht sagte er sich: Nur nicht an ihrem Gesicht kleben, nur nicht in ihre Augen sehen, sich ihrem Blick nur nicht zu lange aussetzen! Vielleicht hat er sich angewöhnt, bei Gefahr von zu großer Nähe einfach an etwas anderes zu denken, an Dinge, die er heute noch erledigen muss, oder an seine Frau. Er ist geübt darin, den gebührenden Abstand einzuhalten, äußerlich und innerlich. Schließlich ist er nicht zum ersten Mal hier, um in offiziellem Auftrag jemand abzuholen. Er kennt ihren Namen – was weiß er sonst? Er muss ja nichts wissen. Er ist nur der

Abgesandte des Gerichts, der dafür zu sorgen hat, dass eine Zeugin aus der Ukraine das Hotel in Frankfurt erreicht, dass sie am nächsten oder übernächsten Morgen dann und dann vor dem Hoteleingang steht, um in das Auto zu steigen, das sie circa 30 Kilometer weiter nach Darmstadt bringen wird, zum Gericht. Er passt auf, dass ihr nichts passiert. Aber was soll ihr passieren, hier, in der Stadt, die er kennt, in dem Land, das ein anderes geworden ist, dem Land ohne Vergangenheit, in der Sicherheit der Gegenwart?

Alle Flughafenhallen sehen gleich aus. Künstliches Licht. Durchsagen, Gongs, Gerede, Geratter, gedämpfter Lärm. Da ist Vera also jetzt, mit ihrem Koffer aus Kiew. Keine Angst: Der ältere Herr ist bei ihr. Er versteht sich darauf, jede Verlegenheit zu überbrücken, die sich womöglich einstellt. Er wirkt freundlich, ausgeruht. Nimmt sie die Hand, die sich ihr entgegenstreckt? Ist sie erleichtert, als sie ihn ihren Namen nennen hört? Vielleicht antwortet sie mit ein paar deutschen Worten, ja, das bin ich, danke sehr, nein, ich bin nicht müde, ja natürlich, o nein, das macht mir nichts aus – leichte Worte, unvergessen, wie Purzelbäume. Aufrecht steht sie da, sicher auf den Beinen. Klein schmal grau fest neben dem älteren Herrn in Anzug und leichtem Mantel (Hut?), so stelle ich sie mir vor. Wachsamer Blick. Scheu? Nervös? Was weiß ich schon von der ukrainischen Zeugin, die sich damals weitgehend unbemerkt von der Öffentlichkeit hier aufhielt und vor Gericht aussagte? Wenn ich über diesen kurzen Zeitraum spreche, in dem sie sich in Frankfurt aufhielt, um am nächsten oder übernächsten Morgen in Darmstadt zu erscheinen (wo wir uns vielleicht einen Moment lang sahen, weil sich unsere Wege kreuzten), folge ich schließlich allein den Suggestionen meiner Phantasie. Meine Worte stehen auf tönernen Füßen. Ich habe Bilder gesehen. Ich habe Schilderungen gelesen. Wer aber ist das, wen sehe ich vor mir, in der Halle des Frankfurter Flughafens, wer geht dort, als wäre es das Normalste der Welt, an der Seite des älteren Herrn, Abgesandten des Gerichts, zum Ausgang? Eine kleine Frau, die niemandem auffällt, grauhaarig, ungebeugt. Vera, die Wahre. Der kleine Moment des Zögerns, des Schreckens, den es vielleicht gegeben hat, ist vorbei. Hat sie zugelassen, dass der ältere Herr ihr den Koffer abnimmt? Wie auch immer: Sie ist hier, sie ist bereit. Gruppen von Passanten kommen ihr entgegen. Kinder weinen. Durchsagen. Gerede Geratter Geschrei. Schlangen. Lange Schlangen. Teuflische Schlangen. *Es war eine so große Menge von Menschen, dass es mir nicht möglich ist, eine Zahl anzugeben.* Alte Frauen mit weißen Haaren, weißen Kopftüchern, Greisinnen, an Stöcken gehend, hinkend, krumm, Flicken auf den Kleidern, Säcke auf dem Rücken, Schnüre mit getrockneten Zwiebeln um den Hals, alte Männer, kahlköpfig, weißbärtig, zerfurcht, junge Frauen, untergehakt, Mädchen mit langen Zöpfen, Jungen in kurzen Hosen, Schwangere, barfüßige Kinder, schreiende weinende heulende brüllende zappelnde Kinder – sie ziehen an ihr vorbei, ziehen unablässig an ihr vorbei, während in ihrem Rücken die sanften Gongs ertönen und die Sprecherinnen fließend, melodisch, zivilisiert die Flüge ankündigen, die Namen der fernen Städte aufzählen, die man so mühelos erreicht, als gäbe es nichts, was einen festhält, keine Schranken, keine Grenzen, keine Reue, keine Scham, als stünde einem alles offen, als verfügte man über die Welt.

Der Junge, mit dem ich mich nachmittags treffe, will mit mir wegfahren, nach London, nach Paris, nach Frankfurt. Meine Eltern erlauben es nicht. Er ist gegen die autoritäre Erziehung. Er lacht über meine Eltern, über alle Eltern, er verachtet seine Lehrer, wie dumm sie sind, sagt er, wie dumm und verlogen die Leute sind! Er ist gegen den Vietnamkrieg. Er sagt, dass auch wir endlich gegen den Vietnamkrieg demonstrieren müssen, streiken müssen, wie die Studenten. Bald wird er Darmstadt hinter sich lassen, um zu studieren, in Frankfurt oder Berlin, er will in Darmstadt nicht versauern, sagt er, Darmstadt ist doch das Letzte. Er kennt jemanden in Frankfurt. Er hat eine Klasse übersprungen. Er ist im renommiertesten Gymnasium von Darmstadt. Sie haben dort auch eine Philosophie-AG, an der er regelmäßig teilnimmt. Er liest Marx. Er liest den *Spiegel* und das *Kursbuch*. Er will nicht einverstanden sein, wie alle anderen, er will aufbegehren gegen die Selbstgerechtigkeit der Eltern, gegen Lüge und Unterdrückung überall, er will nein sagen!, und ich will das Neinsagen von ihm lernen. (So sehe ich es heute, über 50 Jahre danach, so stelle ich es mir vor. Als alte Frau steige ich an der Seite meines Teenager-Ichs noch einmal die Treppe zum Keller dieses Jungen hinunter, dessen weiteres Leben übrigens ganz und gar unspektakulär verlief, um zu erfahren, was mich damals an ihn fesselte.) Deshalb hänge ich an seinen Lippen und sauge die Sätze auf, die er sagt, deshalb (aber genügt das als Erklärung?) schreibe ich in mein Tagebuch: „Ich liebe ihn." Seine Worte scheinen einen Ausweg zu zeigen aus der ungreifbaren Traurigkeit, dem dumpfen, nebelhaften Gefühl von Entkräftung, von Ziellosigkeit, Verlorenheit, Bedrückung, unter dem ich leide. Ich glaube an diese Worte, ohne sie zu verstehen, ich glaube an sie wie an Zaubersprüche, sie gehören zu der Sphäre, in der die Autorität meiner Eltern nichts gilt, sie versprechen etwas Neues, und ich glaube an das Neue, ohne begriffen zu haben, was mich am Alten so bedrückt. Niemand belehrt mich (oder lasse ich mich nicht belehren?), niemand hilft mir zu verstehen, dass dieses übermächtige, bedrückende Alte nichts anderes ist als das überall wirkende Gewicht des Ungesagten und unkenntlich Gemachten, das sich nirgends materialisieren kann. Als nebelhafte Angst zermalmt es die Seelen, und nachts, wenn es nichts mehr zu tun gibt, wenn man nicht mehr anpacken aufräumen aufbauen kann, wenn es keine Geschäfte mehr einzufädeln, keine Verträge mehr zu prüfen, keine Gratifikationen mehr zu verdienen gibt, fürchtet man sich vor den Träumen. Denn die Träume sprechen von dem, was es nicht gegeben haben soll, sie enthalten das Unvergessene. In ihnen ist das Wissen, das man durch die formelhafte Wendung, man habe ja nichts gewusst, vergeblich abwehrt, das Wissen darum, dass man die Augen nicht öffnen wollte, nicht nein sagte, dem Bann der Lügen erlag. Oder irre ich mich? Was weiß ich schon? Litt mein Vater unter Schlaflosigkeit, weil er sich vor seinen Träumen fürchtete? Heute, über 50 Jahre danach, konstruiere ich die

Geschichte eines Teenagers, die Geschichte meiner selbst, die mit der Frage verknüpft ist, warum ich sterben wollte, während alles um mich herum von Aufbruch und Anfang und Zuversicht sprach, und mit der weiteren Frage, was die Schlaflosigkeit meines Vaters damit zu tun hat. Und ich beharre darauf, 70-jährig, die Geschehnisse von damals herauszuziehen aus der Verworrenheit dessen, was ich „mein Leben" nenne, und in eine Ordnung zu bringen, die Ordnung einer Geschichte; ich versuche, jene undeutlichen Bilder zu klären, jene in mich eingewachsenen Splitter, die man „Erinnerung" nennen könnte, jene Gefühlsfragmente, die beim Nachdenken über Vera entstehen, in Worte zu fassen, um einen Zusammenhang zu erkennen (oder zu behaupten), also einen „Sinn", der allein die Macht hätte, der völligen Zufälligkeit meines Daseins in den Jahren, die auf die Katastrophen des 20. Jahrhunderts folgten, ihren Schrecken zu nehmen.

Der Junge, mit dem ich mich damals traf, ist vielleicht nicht der Erste gewesen, der mir die Möglichkeit des Neinsagens vor Augen führte, aber er war der Erste, der mich die Schwierigkeit des Neinsagens erkennen ließ. Er wohnt in einem Haus, nicht weit von meinem Elternhaus entfernt, in einem großen Keller. Von seinen Eltern, seiner Schwester sehe ich nichts. Er ist allein im Haus, nachmittags, wenn ich komme, er scheint immer allein zu sein, unbehelligt von Eltern und Schwester, von nächtlichen Erlebnissen, von Schwierigkeiten in der Schule. Alles ist still. Es gibt, wenn man hereinkommt, ein großes Wohnzimmer mit schweren Möbeln Teppichen Samtvorhängen Couchtisch, mit Ölbildern in Goldrahmen (Kamin?), aber es sieht immer gleich aus, als würde es nie jemand betreten, als würde kein Mensch dort jemals wohnen. Wir gehen die Treppe hinunter in seinen Keller. Dort ist sein Bücherregal, sein Schreibtisch, dort sitzen wir zwischen seinen *Spiegel*-und-*Kursbuch*-Stapeln auf dem Boden. Er trägt ein weißes Hemd. Es ist in diesem Keller immer kalt, aber er friert nicht in seinem weißen Hemd, und er will auch bei schönstem Frühlingswetter nicht hinaus. Er fährt nicht Fahrrad, er geht nicht schwimmen, er hat für solche Dinge keine Zeit. Er muss lesen! Und ich muss lesen, um zu beweisen, dass ich nicht dumm bin, wie die anderen, Mädchen sowieso, um seiner Aufmerksamkeit würdig zu sein. Er gibt mir Bücher, ich soll sie lesen. Ich lese viel, ich bin eine Leseratte, aber seine Bücher kann ich nicht lesen. Wenn ich sie lesen will, ist mein Denken blockiert, ich verstehe nichts. (Auch später, in den Jahren meines Studiums, fühle ich mich immer wieder auf ähnliche Weise blockiert.) Zwar gewöhne ich mir allmählich an, gewisse Worte, gewisse Sätze zu benutzen, aber ich verstehe sie nicht, und ich kann sie nur mit einer Art von Beklommenheit im Mund führen. Diese Beklommenheit führte ich damals auf meine bürgerliche Herkunft zurück, während ich heute die Angst, vor diesem Jungen nicht zu bestehen, mich also als das unbedarfte Mädchen zu entlarven, das ich bin, als ihre Ursache zu erkennen meine. Ich sitze ihm gegenüber im Schneidersitz auf dem Boden und schäme mich, weil ich friere und mich beklommen fühle und nichts verstehe. Weder die Bücher, die er liest, noch die Platten, die er mir vorspielt, ich weiß nichts, ich kann nichts, ich bin dumm, und doch gehe ich immer wieder zu ihm und hocke stundenlang mit ihm im Keller. Meiner Mutter sage ich, er gebe mir Nachhilfe in Mathe und Physik, und vielleicht hat es am Anfang tatsächlich Nachmittage gegeben, an denen es um diese mir völlig unverständlichen und ungeliebten Fächer ging, aber inzwischen sind Monate vergangen und längst geht es um etwas anderes. Ich weiß nicht, was es ist, ich finde keine Worte dafür. „Ich liebe dich", sagt er, wenn er sich zu mir beugt und ich seinen Atem spüre und seine Haut rieche und seine weiche, weiße Hand mit den dünnen, biegsamen Fingern, den gerade abgeschnittenen Nägeln sich meinem Busen nähert, ich höre seine Worte, spüre die Macht dieser Worte, ohne fähig zu sein, sie mit dem Entsetzen zu verbinden, das in mir ist. „Ich liebe ihn", schreibe ich gehorsam in mein Tagebuch. Was war los mit mir?, frage ich heute, über 50 Jahre später, wenn ich das lese, mir vorstelle, mich daran erinnere, wie ist es möglich, dass ich fähig war, diese Lüge auszusprechen, wie ist es möglich, dass ich es nicht fertigbrachte, mich ihrem Bann zu entziehen?

Der ältere Herr gibt die Richtung vor. Geräuschlos öffnen sich die gläsernen Türen der Halle, dann ist Vera im Freien. *Ich sah von weitem noch ihre Köpfe und dann nichts mehr.* Draußen in der sonnigen Aprilluft, bei uns, unter unserem Himmel, an dem unsere Flugzeuge fliegen, schwerelos, von Frankfurt aus über die weite Ebene überallhin. Sie merkt jetzt, es ist warm, und knöpft vielleicht den Wintermantel auf oder zieht sich den Schal vom Hals, aber ihre Wachsamkeit gibt sie nicht auf. Beim Gehen prägt sie sich unwillkürlich alles ein, was ihr ins Auge fällt. Den Schlagbaum, das Brückengeländer, die blauen Verkehrsschilder, die lachenden Gesichter mit den weißen Zähnen auf den Reklameplakaten, die Spatzen neben dem Abfallbehälter, der glatte graue Straßenbelag – wie glatt, wie sauber! –, als könnten ihr diese Einzelheiten nützen, falls sie fliehen muss. Falls sich alles als Lüge erweist, der Prozess, die Einladung, die Reise hierher. Falls hinter den harmlosen Dingen, die sie sieht, etwas anderes zum Vorschein kommt, Blicke, die sie vergessen hatte, Gerüche, Berührungen. *Von allen Seiten fielen Schläge auf uns.* Geräusche, die laut zu werden drohen, aus den Dingen herauszuquellen drohen wie Gestank aus Gräbern. *Man hörte solches Stöhnen, dass einem die Haare zu Berge standen.* Alles ist anders, als sie es sich vorgestellt hatte, eben noch, vor ein paar Tagen, in ihrer Einzimmerwohnung in Kiew. Die Gefahr ist nicht gebannt. Der Fluchtimpuls macht sich als störende Unruhe bemerkbar. Warum sieht sie nicht einfach zum Himmel, ins Sonnenlicht, zu den Wolken hinauf? In den schönen hellen Frühlingstag hinein? Die weißen, lila oder orange gesäumten Aprilwolken, die über ihrem Kopf dahinziehen (an diesem wie am nächsten Tag, der Einfachheit halber), es sind dieselben Wolken, die der ältere Herr neben ihr sieht, die ich in Darmstadt sehe, es ist derselbe Himmel. Warum richtet sie ihren Blick nicht dorthin? Warum lässt sie sich von unserem Frühlingslicht, unseren Frühlingsfarben, unserer freundlichen Frühlingswelt nicht beruhigen, wenn

Nervosität Verwirrung Erregung sie übermannen, wenn sie merkt, die Knie werden weich, ein leichter Schwindel lässt die Konturen der Dinge verschwimmen, wenn sie schwach zu werden droht, weil das Stöhnen der Sterbenden lauter wird, hörbar, unüberhörbar? *Mir schien, dass diese Schlucht, die sehr tief war, voll war von Menschen und Blut.* Nein, nichts kann sie beruhigen. Der Himmel jedenfalls nicht! Der Himmel leuchtet über Mördern und Gemordeten. Nicht einmal, wenn sie die Sonne aus ihrem Wolkenbett herausrissen und in die Grube stießen, würde er protestieren, nicht einmal, wenn das Blut der abgeschlachteten Sonne die Erde übergösse, würde er Einspruch erheben. Der Himmel hört die Schreie nicht, die aus der tiefen Schlucht zu ihm hinaufsteigen. Der Himmel hat kein Erbarmen. Der Frühling ist ohne Gefühl. Vera hat nur sich selbst, ihren Körper, ihre Gedanken, die festen Beine, auf denen sie steht und geht, ihre Augen und Ohren, ihren Mut: die Stimme, die sie erheben wird, an einem der nächsten Tage, in meiner Nähe, unserer Nähe, in unserer Stadt, vor Gericht.

In Darmstadt passiert nichts, in Darmstadt ist immer alles gleich, so denke ich damals, 14-jährig, hingegeben, ausgeliefert meiner Zeit, oder habe ich schon die Spuren jenes Anderen entdeckt, hat sich jenes Andere schon bemerkbar gemacht, das mir heute keine Ruhe mehr lässt, weil es die Selbstgewissheit der Zeit untergräbt, die Selbstgewissheit keiner Zeit gelten lässt? Ich weiß nicht, was es ist. Es ist die Geisterschrift, die auf dem scheinbar unbeschriebenen

Blatt zum Vorschein kommt, es sind die Botschaften, die die Toten senden, die mitten im Lärm der Welt zu hören sind, manchmal, und gerade dann, wenn man es nicht erwartet, und manchmal deutlicher in dem Moment, in dem man sich abwendet von diesem Lärmen und Dröhnen, noch ohne zu wissen, was es außerdem gibt, noch ohne der Sehnsucht nach Stille, nach Blindheit Ausdruck geben zu können. *And you want to travel with her, and you want to travel blind*, sang Leonard Cohen damals auf meiner Lieblingsplatte, die ich auflegte, sobald ich von der Schule kam, und stundenlang laufen ließ. Mehr als ein paar Worte verstand ich nicht, aber sie genügten, um mir diese *Suzanne* vorzustellen, den Fluss vorzustellen, an dem sie lebt, eine Verrückte, die Männer anzieht, eine Obdachlose, ein Hippiemädchen im Lumpenlook, das will ich sein, nicht das behütete gutbürgerliche Mädchen, das ich bin, nicht der einsame Teenager, nicht das ratlose Kind. Ich sammle Fasanenfedern und blaue Steine, ich schreibe Tagebuch, ich trinke Tee und esse Orangen dazu, wie es der Text verlangt, ich will reisen, irgendwohin, anderswohin, mit *Suzanne* reisen, blind.

Reihenweise Autos, ein Auto neben dem anderen auf dem Parkplatz hinter der Halle des Frankfurter Flughafens. Welches Auto wartet auf sie? Ein Mercedes muss es sein, natürlich, ein Mercedes der Staatsanwaltschaft, mit Fahrer. Dunkel, gediegen, Ledersitze. Auf ihn steuert der ältere Herr zu. Er sagt nichts mehr, denn die Flugzeuge, die von der Rollbahn abheben oder sich im Landeanflug befinden, sind zu laut. Vera geht hinter ihm her, sie ist froh, dass sie schweigen kann und ihr Begleiter vorerst keinen Grund mehr hat, ihr ins Gesicht zu sehen. Er trägt den Koffer. Sie trägt nur noch ihre Handtasche. Darin befinden sich der Brief des Generalstaatsanwalts, der Pass, eine Geldbörse, der Schlüssel ihrer Einzimmerwohnung in Kiew, vielleicht ein Lippenstift. Mühelos hält sie mit ihrem Begleiter Schritt. Beim Gehen streckt sie unwillkürlich eine Hand aus, wie es Kinder manchmal tun, wenn sie eine Mauer entlanggehen, weil sie Lust haben, sie zu berühren. Ja, wie ein Kind streckt sie in meiner Vorstellung die Hand aus, weil sie etwas berühren will in diesem Land, in dieser traumhaften Fremde, 27 Jahre nachdem sie das letzte Mal diese Sprache hörte, weil sie die aufgereihten Karosserien auf dem Parkplatz berühren will: um sich ihrer Wirklichkeit zu versichern. Denn solche Autos gibt es dort nicht, wo sie herkommt. (Solche Autos können nur wir bauen, höre ich, solche Autos machen uns stark in der Welt.) Mit den Fingerspitzen fährt sie ganz leicht über das sonnenwarme, saubere, glänzende Metall. So ein Land ist das also, merkt sie, so ein Land, so warm sauber glänzend, so hell und leer und schmerzlos. Denn das hatte sie sich nicht vorgestellt, als sie sich, allein in ihrer Einzimmerwohnung in Kiew in einem kälteren April, die ratternde Straßenbahn unten auf der leeren Straße (die blau-weiße Straßenbahn, die ich auf einem alten Foto von Kiew sah?), gegen das Kommende gewappnet hatte, gegen das Wiederkommende gewappnet hatte, und sich schwor, nicht schwach zu werden. Solche Autos, die solchen Reichtum verraten, solche Stärke. Deshalb fragt sie sich jetzt auch vielleicht, wer sie hören würde, in so einem Land. In einem Land, das keinen Mangel leidet und nichts entbehrt (als würden Mangel und Entbehrung gegen Taubheit helfen!). Und wem sie eigentlich sagen soll, was sie zu sagen hat, da sie nur den Rücken des älteren Herrn sieht und den menschenleeren Parkplatz voller Autos, der sie auf unerfindliche Weise beunruhigt. (Sprich zu mir, Vera, ich höre dich!) Nicht, dass sie das Gleichgewicht verloren oder gefürchtet hätte, ihre Stimme zu verlieren. (Diese Stimme wird ihr bleiben, über diesen Tag und alle Tage hinaus, das Tonbandgerät hat sie aufgezeichnet, ich hörte sie auf Youtube.) Doch fällt ihr vielleicht ein, dass sie später, in Darmstadt, eine einleitende Formulierung brauchen wird, damit die Herren nicht erschrecken, denen sie ihren Bericht vorträgt, damit die Herren nicht plötzlich ihre höfliche Maske fallen lassen und ihr mit ihren starken Zähnen ins Gesicht lachen. Wie wäre es mit: *Ich bin nicht gekommen, um mit dem Finger auf euch zu zeigen*? Oder: *Ich bin nicht gekommen, um mich zu rächen und dem deutschen Volk etwas Böses anzutun*? (Wie sie es dann auch sagte und die Dolmetscherin übersetzen ließ und ich es lese, heute, über 50 Jahre danach, in dem damals angefertigten Protokoll.) Und als wollte er ihre Überlegungen bestätigen, dreht sich ihr Begleiter nun zu ihr um und fordert sie freundlich (leutselig?, ritterlich?) zum Einsteigen auf.

Beim Stehen und Gehen nicht, aber beim Bücken und Einsteigen zeigt sich, dass sie nicht mehr 30 ist, wie damals, sondern 57. In diesem Alter merkt man (als 70-Jährige darf ich das sagen), dass der Körper kein unbedingt verlässliches Instrument mehr ist. Immer wieder passieren Dinge, die einem zeigen, dass die Beine nicht ewig tragen werden, das Herz versagen kann, und sei es das beste, das zäheste, robusteste Menschenherz. Doch es gilt, sich davon nicht beeindrucken zu lassen. *Trotz der vielen Schläge ging ich aufrecht weiter.* Zu den Starken zu gehören. Nicht zu denen, die gehorchen müssen, sich ausziehen müssen, zitternd das Kind an sich drücken, die Mutter stützen, die Schwester stützen, den Vater stützen, die Scham bedecken, an den Rand der Grube treten – nein! Nur nicht schwach werden, nur nicht zögern, beim Einsteigen in den wartenden Wagen auf dem Parkplatz des Frankfurter Flughafens, nur nicht zurückschrecken vor der dämmrigen Enge, der niedrigen Decke, dem Geruch der Ledersitze, dem spiegelnden Metall der Armaturen, sich nur nicht anmerken lassen, dass das Herz anfängt wie wild zu klopfen in dem engen Raum mit dem alten Mann und dem Fahrer (in Uniform?), ganz nah dem Stoff ihrer Uniformen ihren braungebrannten Hälsen ihren Zähnen ihren Augen Stiefeln Maschinengewehren, sie könnten es hören, sie dürfen es nicht hören. Der ältere Herr – nur wenig älter als die ihm anvertraute Zeugin – hört ihr Herz nicht klopfen, aber er sieht gewisse Zeichen. Er hat etwas wahrgenommen, eine gewisse Scheu, ein Sich-Versteifen, bevor sie sich bückt, eine kleine nervöse Kopfbewegung, ein Zusammenziehen der Schultern, eine fast unmerkliche unwillkürliche Gebärde, die ihn plötzlich erkennen lässt, dass sich hinter der Solidität ihres Körpers, der Festigkeit ihrer Haltung, ihrer Stimme, ihres Schritts etwas anderes verbirgt. Er sieht etwas, was seinem Blick entzogen bleiben sollte. Was er als unangenehm, schmerzhaft oder peinlich empfindet – oder hätte empfinden können, wenn er nicht gelernt hätte, routiniert darüber hinwegzugehen. Nein, eine solche Wahrnehmung bringt einen zuverlässigen, zivilisierten älteren Juristen, Akademiker mit untadeligem Ruf, keineswegs in Bedrängnis. Zwar weiß er womöglich nicht, wozu die Zeugin im Einzelnen befragt werden und was sie zu bezeugen haben wird, doch er kennt, wenigstens in groben Umrissen, die Sache, die man in Darmstadt verhandelt. Gerade deshalb muss er darauf achten, dass ihn dieses winzige Zeichen einer Schwäche oder Krankheit oder Unfähigkeit nicht weiter behelligt. Er muss es aus dem Kopf bekommen. Denn er ist nicht als Privatmann hier, sondern er hat den Auftrag zu erfüllen, den ihm vielleicht der Generalstaatsanwalt persönlich erteilt hat, weil er eben einen untadeligen Ruf besitzt, sensibel, vernünftig und zuverlässig ist. Weil er mit Zeugen, auch mit heiklen Zeugen, höflich, ausgewogen, zivilisiert umgehen kann. Nicht zuletzt deshalb, weil er sich durch Zurückhaltung und eine gemäßigte politische Haltung auszeichnet und nicht zu denen gehört, die dem Generalstaatsanwalt Knüppel zwischen die Beine werfen, wenn es um die Aufarbeitung dieser Dinge und die Verfolgung der Schuldigen geht. („Diese Dinge", „schreckliche Dinge", „Dinge von damals": So redet der ältere Herr, wenn er seiner Frau gegenüber seine Arbeit erwähnt.) Schon früher hatte er mit Zeugen zu tun, die in solchen Prozessen aussagten, und hatte lernen müssen, vorsichtig zu sein. Manche waren unberechenbar. Misstrauisch starrköpfig nachtragend launisch unbelehrbar verbohrt. Alt, schwach, krank. So hatte er sich angewöhnt, Abstand zu wahren: nicht zu viel über sie erfahren zu wollen, es bei den allgemeinsten Informationen zu belassen. (Er selbst ist übrigens nie im Osten gewesen. Vielleicht hat er irgendein kleines Leiden – vielleicht eine Fehlsichtigkeit, er trägt eine starke Brille –, das ihn vor der üblichen Laufbahn bewahrte. Er ist lange in England gewesen, der Schweiz, vielleicht im Dienst einer Hilfsorganisation, jedenfalls verstand er es, sich herauszuhalten. Er habe Glück gehabt, sagt er gern, wenn im Kreis von jüngeren Kollegen die Rede darauf kommt. Er sei nie auf die Probe gestellt worden. Prinzipien zu haben sei schön und gut, aber niemand könne wissen, was er unter gewissen Bedingungen tun würde.) Jetzt muss er sich auf die Aufgabe konzentrieren, die ihm gestellt wurde: Zeugin abholen, ins Hotel bringen, dafür sorgen, dass sie am nächsten oder übernächsten Tag pünktlich vor der Tür steht, wenn das Auto kommt, das sie nach Darmstadt bringen wird. Und darüber hinaus: ihr die Fahrt so angenehm wie möglich machen. Ihr also über die Lähmung hinweghelfen, die sie befallen hat, seitdem sie widerstrebend und etwas steif in das Auto eingestiegen ist, sie davon abbringen, schweigend und mit starrem Blick den Sitz zu fixieren und ihre Handtasche zu umklammern, als würde man sie nicht nach Frankfurt bringen, ins Hotel, sondern (jetzt nur nicht an diese Dinge denken!) Gott weiß wohin.

Deshalb fängt er an, ein bisschen Konversation zu machen. Brave, schlichte, treuherzige Wendungen als Probe seiner Fähigkeit, Situationen, die schwierig ungut heikel zu werden drohen, zu entschärfen. Und vielleicht versteht ihn Vera und honoriert seine Absicht mit Worten, die ihr überraschend leicht von der Zunge gehen, die in ihrem Gedächtnis bereitliegen, als hätten sie nur auf eine Gelegenheit gewartet, ihre Purzelbäume zu schlagen. Er spricht mit sonorer, nicht lauter, nicht aufgeregter Stimme, hält sich an das Konkrete, das Sichtbare. Macht sie auf gewisse Gebäude aufmerksam, die draußen vorbeigleiten, eine Brücke, ein Turm, ein Gebäudeensemble, nennt die Sehenswürdigkeiten Frankfurts, die ihn (sagt er es laut oder behält er es für sich?) mit bescheidenem Stolz erfüllen. Denn war nicht eben noch alles voller verkohlter Ruinen gewesen, lebte man nicht auf primitivster Stufe? Man ist in den Wald gegangen, um Brennholz zu sammeln und Bucheckern aufzulesen, man wusch sich mit Wasser, das nachts in der Schüssel zu Eis gefror. Er hat den Wunsch, von diesen Dingen zu erzählen, sie wenigstens anzudeuten. Vielleicht verstärkt sich sein Eifer, als er merkt, dass seine Bemühungen nicht unbeachtet bleiben, dass sie den Kopf hebt, seinem Blick folgt, ah ja, ach so. Die Bombenkrater überall, Blindgänger Leichen Schutt, elende, zerlumpte Menschen, die in den zerstörten Häusern nach den Resten ihrer Habe graben – nein, das lieber nicht! Sie könnte es missverstehen. Sie könnte denken, er wolle auftrumpfen, etwas leugnen, ihr etwas streitig machen. Das will er nicht! Doch tatsächlich mischt sich allmählich, während das florierende Frankfurt an ihnen vorbeigleitet, ein seltsames Gefühl in sein eifriges Reden, vielleicht ein Anflug von Beschämung, jedenfalls störend und verbunden mit der Furcht, sie könnte ihm Fragen stellen. (Welche Fragen? Er weiß es nicht. Es ist eine Furcht, die tief in ihm verborgen ist und nur selten an die Oberfläche dringt.) Vielleicht lässt ihn dieses Gefühl nun innehalten, neu ansetzen. Er spürt, dass ihn eine Bewegung ergriffen hat, die nicht hierhergehört, dass er versucht ist, mit ihr auf eine Weise zu sprechen, die nicht opportun, seiner Stellung nicht gemäß ist, nicht zu dem treuherzigen Konversationston gehört, den er ihretwegen angeschlagen hat, damit sie nicht weiter stumm auf die Lehne des Vordersitzes blicken muss. Damit sie auf dem Boden bleibt, dem Boden der Wirklichkeit, und nicht abdriftet und davonschwebt in die Luft, in ihre eigene Welt, die andere Welt, die finstere Gespensterwelt voller lauernder Toter. Sie sieht ihn an. (Ein Blick, in dem auch ein wenig Ironie liegt, wie ihm scheint.) Versteht sie? Jedenfalls wendet sie sich ihm zu. Nickt (lächelnd?), wartet, ist vielleicht dankbar, als ihm einfällt: Goethe. Kennt sie den Namen? Er ist hier geboren. Dort drüben, in diesem Haus. Goethe, natürlich! (Schalkhaftigkeit, Spott, Ironie, Hohn?) Ein Satz aus ihrer Jugend, als sie Deutsch lernte: Edel sei der Mensch, hilfreich und gut. Wie leicht gehen ihr die Worte über die Lippen, die sie einst lernte oder las oder nur in irgendeinem zufällig aufgeschlagenen, längst in Rauch aufgegangenen Buch überflog – oder zögert sie doch im letzten Moment, sie auszusprechen?

In einem Augenblick scheinen die Rollen sich umzukehren. Wenn er schon nicht verstummt, so zieht sich der ältere Herr jetzt angesichts der überraschenden Lebhaftigkeit der Zeugin doch auf das Allerallgemeinste, das Ungefährlichste und Harmloseste zurück, das ihm einfällt. Frankfurter Spezialitäten. Die Brücken. Die Schifffahrt auf dem Main. Und Vera nickt, lächelt vielleicht sogar. *Der Offizier kam ganz nah an mich heran und schaute mich von der Seite an.* Die Einzelheiten seiner Kleidung und seines Körpers dringen erst jetzt, da sie sich nicht mehr auf Antworten konzentrieren muss, in ihr Bewusstsein: Bügelfalte, Krawattennadel, dünne Haare, lange Beine, große, gepflegte Hände. *Ich weinte nicht, ich fiel nicht vor ihm auf die Knie, ich stand da und erwartete mein Schicksal.* Der ältere Herr spürt, während er weiterredet, etwas Furchterregendes in ihrem Blick. Das seltsame Gefühl wird stärker. Vielleicht fängt er an, unter den Armen zu schwitzen, weil ihn das Ganze so anstrengt. Er sehnt sich nach der Einsamkeit seines Büros. Er beneidet den Fahrer, weil der nichts sagen muss und ihr den Rücken zukehrt. Das Fahren – es sind jetzt die letzten Kilometer, gleich sind sie beim Hotel – nimmt diesen jungen Mann ganz in Anspruch. Er spürt das Steuerrad in der Hand, er schaltet, er bremst, er beschleunigt. Bald wird er das Auto wieder in die Garage fahren, den Schlüssel abgeben und pünktlich nach Hause gehen, wie jeden Tag. Das Fahren ist seine Arbeit. Er hat es gelernt und fährt von da nach da, je nach Bedarf, soundso viele Stunden pro Tag. Der ältere Herr wünscht sich manchmal, so ein Leben zu haben, das Leben eines „einfachen Mannes“, wie er es sich vorstellt. Andererseits sind es gerade die „einfachen Leute“, mit denen man es in den vom Generalstaatsanwalt angestrengten Prozessen so oft zu tun hat. Leute, die morgens aufstanden, die Uniform anzogen und den Befehl ausführten, den man ihnen gab. Leute, die im Lauf der Verhandlungen einen zweideutigen, schillernden, ja teuflischen Charakter annehmen. Was also ist von den „einfachen Leuten“ zu halten, die zu „Mitläufern“ wurden? Was bedeuten die Worte Gewissen, Verantwortung, Schuld, Befehl? Darf man sich Befehlen widersetzen? Darüber diskutiert der ältere Herr gern mit jüngeren Kollegen in größerer Runde. (Die älteren Kollegen bleiben solchen Runden demonstrativ fern.) Am Ende steht die stets zu gravierenden Meinungsverschiedenheiten führende Frage, wie die Rechtsprechung mit den Befehlsempfängern umgehen soll, nachsichtig oder unversöhnlich, duldsam oder drakonisch, mild oder streng, und was von den Ermittlungen des Generalstaatsanwalts zu halten ist. Man kann sagen: Der ältere Herr ist auf der Höhe der Zeit. Er verfolgt die Ermittlungen des Generalstaatsanwalts. Er liest Artikel in juristischen Zeitschriften, die sich mit diesen Fragen beschäftigen. Er bleibt bis spät nachts auf, um im Fernsehen mehr darüber zu erfahren. Warum fürchtet er sich vor Veras Blick? *Ich gab keinen Laut von mir.* Warum gelingt es ihm nicht, das peinliche Gefühl zu eliminieren, das sich in ihr harmloses kleines Gespräch eingeschlichen hat? *Ich blieb unter der Erde liegen. Es war fürchterlich, das alles aushalten zu müssen, ohne ein Wort zu sagen.* Und warum hört Vera nicht auf, ihm mit passenden, wenn auch vielleicht etwas antiquiert wirkenden Wendungen zu antworten, während die schönen neuen Gebäude Frankfurts hinter der Scheibe an ihr vorbeigleiten, die schönen neuen glatten sauberen Straßen, die Autos Geschäfte Sehenswürdigkeiten, während sie spürt, dass sie hier keineswegs willkommen, dass sie fehl am Platz ist, und gegen den Impuls ankämpfen muss, einfach im Auto sitzen zu bleiben, nichts mehr zu sagen, nie mehr, zu niemandem, und zurückzukehren, woher sie kommt: zu den Toten in der Schlucht.

Auch mein Vater beschäftigt sich mit den Fragen, die Veras Begleiter umtreiben. Den größten Teil des Krieges hat er, nachdem er wegen seines „schwankenden Charakters" und anderer unsoldatischer Persönlichkeitsmerkmale durch den Offizierslehrgang gefallen war, in einer Kaserne verbracht, in recht bequemer Stellung, als Ausbilder für Bordfunker der Luftwaffe. In der Zeit, in der uns in der Schule der Film über Bergen-Belsen vorgeführt wird, spricht er bereitwillig mit mir über seine Erlebnisse, über die wütende Hitlerfeindschaft seiner Mutter und ihre düsteren Prophezeiungen, den kommenden Krieg betreffend, und dass sein Vater dann doch aus Gründen der Opportunität in die Partei eintrat, über die Kämpfe unter den zwischen Hitlerfreunden und Hitlergegnern gespaltenen Heranwachsenden in seinem etwa anderthalb Autostunden von Darmstadt entfernten Heimatstädtchen, über die pöbelnden SA-Gruppen, die durch die Gassen zogen, über die Einberufung, die ihm die Abiturprüfungen ersparte, über die Angst, die er jahrelang ausstand, doch noch dorthin abkommandiert zu werden, wo die schlimmen Dinge passierten. Eine schreckliche Zeit, aber die schlimmen Dinge sind anderswo passiert. Eine schreckliche Zeit, aber wir haben Glück gehabt. (Immer wieder, immer wieder: Wir haben Glück gehabt. Das heißt: Seien wir froh, dass der Kelch an uns vorüberging. Dass wir nicht auf die Probe gestellt wurden. Dass unsere Augen zwar sahen und unsere Ohren hörten, wir aber die bleiben konnten, die wir waren. Dass es uns gelang, das Schlimme von uns abzuwenden, uns nicht hineinreißen zu lassen in den Schrecken, dass wir nicht bis an die Abbruchkante kamen, wo es hieß, ja oder nein, wo gefragt wurde: Wer bist du?) Nur einmal, Jahre später, etwas ganz anderes. (Auch ein anderer Ton beim Erzählen, wie ich heute noch zu spüren meine, leise, wie verwundert, und mit abgewandtem Gesicht.) Während der chaotischen Wochen kurz vor der Kapitulation das Zusammentreffen mit einer Gruppe SS-Männer, die damit prahlen, Gefangene getötet zu haben, indem sie mit eisenbeschlagenen Stiefeln auf ihre Köpfe sprangen. Wenn ich ihn später daran erinnerte, wusste er nichts mehr davon. Aber ich habe es gehört und nicht vergessen. Weiß er wieder davon, wenn er befremdet, entsetzt, erbost, doch wie gebannt in der Küche vor dem Radio oder im Wohnzimmer vor dem Fernseher sitzt und die Demonstrationen verfolgt, die jetzt überall stattfinden, in Paris, in Berlin, auch in Darmstadt? Gibt es da einen Zusammenhang, ist das der Grund, warum ich manchmal das seltsame Gefühl habe, als wünschte er, seine Tochter unter den Protestierenden zu sehen?

Das Hotel ist erreicht. Das Auto bleibt vor dem Eingang stehen. Jemand öffnet ihr die Tür und sie steigt aus. (Natürlich steigt sie aus. Ihr Mut ist immer noch größer als ihre Angst.) Was für ein Hotel ist es? Nicht das allerbeste, aber ein gutes wird es schon gewesen sein. Mit Restaurant und Bar und Nachtportier, mit neuwertigen Matratzen, mit schweren Vorhängen, mit Fernsehapparat. So stelle ich es mir vor. Der ältere Herr trägt Veras Koffer und begleitet sie zum Empfang, um ihr bei den Formalitäten behilflich zu sein. Aus der Innentasche seines leichten Mantels zieht er einen Umschlag, in dem sich ein paar Geldscheine befinden, sicherlich hat man der Zeugin ein wenig Taschengeld übergeben für die kurze Zeit ihres Aufenthalts. Sind es 100 Mark oder 200 oder 500? Muss sie später Rechenschaft ablegen über das Geld, das sie ausgegeben hat, darf sie den Rest behalten? Der ältere Herr lässt sie eine Empfangsquittung unterschreiben. Vielleicht nimmt er kurz die Brille ab, um ihre Schrift zu begutachten. Er interessiert sich dafür, er hat einen Sinn für schöne Handschriften und guten Stil, und vielleicht vervollkommnen die großen, ernsten, strengen Buchstaben (kyrillisch oder lateinisch?), die sie viel zu langsam auf das Papier malt, den Eindruck, den die Fahrt mit ihr hinterlassen hat, und verstärken seinen Wunsch, möglichst schnell wieder in seinem Büro zu sein. Denn auch diese Buchstaben, denen alles Heitere und Schwungvolle, alles Elegante und Routinierte fehlt, bestätigen ihm, dass sie innerlich *dort* geblieben ist, dass sie sich auf das Neue, das Zivilisierte, das Anständige und Zukunftweisende, das inzwischen bei uns gewachsen ist und sich im ganzen Land behauptet, nicht einlassen kann und im Grunde nicht zu uns gehört. Doch selbstverständlich lässt er sich diese Empfindungen nicht anmerken (falls sie überhaupt in sein Bewusstsein dringen). Was auch passiert, er bewahrt die korrekte Haltung, bleibt verbindlich, höflich, weist sie schließlich noch auf die Möglichkeit hin, im hoteleigenen Restaurant zu speisen, und vereinbart für den nächsten Morgen eine Uhrzeit. Hier, am Empfang, wird er sie wieder abholen. Am Ende vielleicht eine ritterliche Verbeugung (oder doch Handschlag?). Genug für heute. Guten Abend. Danke. Schlafen Sie gut. Bis morgen. Erst dann kann der ältere Herr aufatmen. Rasch geht er zum Auto zurück, lässt sich auf den Vordersitz fallen und weist den jungen Mann am Steuer an, zum Büro zu fahren.

Ja, er braucht jetzt diesen Aufenthalt in seinem Büro, vor der Rückkehr nach Hause. Die Sekretärin ist schon gegangen. Er zieht das Jackett aus, lockert die Krawatte. Bemerkt das nasse Hemd, am Rücken, unter den Achseln. Während er nach der Post sieht, eine Aktennotiz schreibt, ein Telefonat führt, durchströmen ihn die Gedanken, die er vorher zurückgehalten hat. Da ihn das Zusammensein mit der Zeugin, so kurz es war, auf eine schwer zu definierende Weise angegriffen, ja mitgenommen hat, registriert er nun mit Erleichterung, mit Dankbarkeit die gewohnten Dinge um ihn herum. Die Aktenordner, die Gesetzbücher und Urteilssammlungen, das Bild an der Wand (ein Stich, Lastkähne auf dem Main), der Philodendron, der Schreibtisch, die Zeitungen darauf: All das signalisiert Verlässlichkeit, Ehrbarkeit, Ordnung, Frieden. Egal, was die Zeugin mitbrachte und womit sie ihn kurzzeitig kontaminierte, er weiß: Hier herrscht das Recht. Die Schuldigen werden zur Verantwortung gezogen. Die Unschuldigen genießen Sicherheit. Warum aber bekommt er Vera nicht aus dem Kopf? Warum kann er nicht aufhören, sich diesem unzugänglichen Gesicht zuzuwenden, es innerlich anzusprechen und herauszufordern, obwohl er doch schon viel zu müde ist und von der ganzen Sache längst genug hat? Was wollen Sie?, fragt er sie (und sich). 27 Jahre danach! In 27 Jahren sind wir anders geworden, sehen Sie das denn nicht? Vielleicht hat er während des Krieges unter Mangelernährung gelitten, vielleicht hat er Zähne verloren. Vielleicht spürt er in solchen Momenten, in denen er sich angegriffen oder in Frage gestellt fühlt, den unangenehmen Druck einer Prothese am Gaumen. Vielleicht hat er durch den Krieg einen Bruder (Vater, Onkel, Cousin) verloren. (Das Schwarz-Weiß-Foto eines jungen Mannes in Uniform steht auf dem Schreibtisch.) Christlich erzogen und teilweise im Ausland aufgewachsen, hat er Hitler gegenüber nie Sympathien gehegt, auch als die meisten Freunde und Verwandten längst anders dachten und sich beeilten, in die Partei einzutreten. Er ist nie eingetreten, trotz der Nachteile, die das mit sich brachte, und hat das Militär immer verabscheut. Vielleicht ging er schon vor Ausbruch des Krieges in die Schweiz, wo ein Teil der Familie lebte. Nahm Armut und Entbehrungen in Kauf. Hielt sich stets am Rand der Geschehnisse, um nicht mitgerissen zu werden in den unvermeidlichen Untergang. Und jetzt soll er sich nicht über das neue Frankfurt freuen, die wiederhergestellten Sehenswürdigkeiten, die Geschäfte, in denen er (zusammen mit seiner Frau, als sie noch das Haus verließ) gern Hemden Krawatten Anzüge Lederschuhe kauft, die Autos auf den Straßen, den Urlaub an der Nordsee, der Adria! Oder darüber, dass es freie Wahlen gibt und jeder seine Meinung sagen kann, ohne Strafe befürchten zu müssen (selbst die Studenten, ja, auch sie, die unsere Selbstgewissheit verhöhnen, unsere Errungenschaften in Frage stellen, Ordinarien mit Eiern bewerfen, auch sie dürfen sich frei äußern!), dass also die Zivilisation die Oberhand gewonnen hat über das andere, das Alte, das Finstere, das Vergangene, das sich nie wiederholen wird. Nein, wir sind keine blutschlürfenden Unholde, keine Teufel, Bestien, Barbaren. Sehen Sie sich um! Was hatten Sie denn erwartet? Haben Sie geglaubt, die Knochen würden sich am Rand unserer Autobahnen türmen? Es würde nach Leichen stinken? Wir würden kniehoch in Blut waten? Sie irren sich, meine Dame. Sehen Sie, was wir aus dieser Stadt gemacht haben! Diese Stadt, die nach der Bombardierung, nach dem Feuersturm, bei dem sogar der Teer auf den Straßen in Flammen stand, diese Stadt, deren Bewohner zu Tausenden in den Kellern erstickten und von herabstürzenden Gebäudeteilen erschlagen wurden, diese Stadt, die vor wenig mehr als 20 Jahren nicht mehr war als ein Trümmerhaufen, ein rauchendes Ruinenfeld, in dem elende Menschen im Schutt nach den Resten ihrer Habe gruben, sehen Sie, was wir aus dieser Stadt gemacht haben! Sehen Sie, das Landgericht. Staatstheater. Universität. Das neue Rathaus. Die neuen

Gymnasien. Neue Unterrichtsmethoden. Unsere Schüler lernen die demokratischen Spielregeln. Sie sprechen Englisch und Französisch. In der Aula wird ihnen ein Film über Bergen-Belsen gezeigt. Ja, unsere Schüler werden über diese Dinge informiert. Aber sie wachsen in einer neuen Welt auf, einer ganz anderen Welt, in der es das, woran Sie festhalten – ich sehe es Ihnen an, dass Sie daran festhalten, störrisch, unbelehrbar, fanatisch daran festhalten –, nicht mehr gibt. Unsere Schüler haben die Wärme die Liebe die Fürsorge, die sie brauchen, sie leben sicher, sie leben unter einem gläsernen Dach, wie in einer Schneekugel. Da mögen sich Dinge gelegentlich aus ihren Verankerungen lösen, mögen herumwirbeln wie Flocken im April. Doch früher oder später kehren sie zurück an ihren Platz, sinken friedlich zu Boden, so dass sich die roten Dächer, die grünen Bäume, die Kirchtürme und Märchenwälder wieder in der gewohnten Ordnung zeigen können, im milden Licht unserer Wohlanständigkeit.

Und doch kriecht das Alte in uns hinein und vergiftet uns, ohne dass wir sagen könnten, was es ist. Wir haben nichts gewusst, wir wissen nichts, wir waren blind, aber es schleicht sich doch etwas ein, wie ein lähmender Nebel, eine Schwäche, eine Lebensmüdigkeit, die Ahnung einer Lüge, die das Wachsen und Lernen und Lieben der Kinder verdirbt. So sehe ich mich heute, wenn ich, mit nicht ungemischter Zuneigung, den Teenager betrachte, der ich war. Mich frage, warum ich sterben wollte in dieser Zeit, in der alles so warm, so friedlich, so sauber war und ich die Fürsorge meiner Eltern, die Zuneigung meiner Lehrerinnen und, ganz allgemein, die Güte der Gegenwart genoss. Doch meine Gegenwart ist nicht Veras Gegenwart: Das ist der Anfang. Das, was sich mir aufdrängt, mich nicht loslässt. Was unweigerlich die Frage nach der Verbindung nach sich zieht. Oder die Frage, wie man Gegenwart definiert. (Verdankt sich nicht jede Gegenwart der Vergangenheit? Ist es überhaupt zulässig, das eine vom anderen abzugrenzen, als handelte es sich um zwei einzelne Entitäten? Liegt nicht das Bild eines Flusses näher? Nährt sich das eine nicht vom anderen, hat sich das eine das andere nicht einverleibt wie einen Mutterkuchen?) Oder die Frage, wo das Böse geblieben ist. Wie die gute Gegenwart mit der bösen Vergangenheit zusammenhängt. In welcher Weise man sich vom Leib hält, was man nicht sehen will (weil man sehen müsste, dass das Böse nicht irgendwo anders ist, sondern hier, bei uns, in uns). Und, um zurückzukommen auf eine mich betreffende Einzelheit: Ob sich im Sterbenwollen eines Teenagers nicht etwas wiederholt, woran sich gerade niemand mehr erinnert. Denn wie viele wollten sterben, statt sich dem Tod zu widersetzen, der Zerstörung zu widersetzen. Wie viele blieben liegen, statt aufzustehen, betäubten sich, statt sich zu behaupten, resignierten, statt zu hassen. (Wie viele reden und schreiben, statt zu handeln.) Dann müsste ich also in dieser Schwäche die Verbindung erkennen? (Meine Schwäche, unsere Schwäche, die menschliche Schwäche?) Rückzug, Blindheit, den Kopf in den Sand stecken. Dann läge in der Unfähigkeit, nein zu sagen, sich der übermächtig scheinenden Zerstörung zu widersetzen, die Verbindung: So ging die Vergangenheit weiter. So war Vera gegenwärtig, ohne dass ich sie sah.

Spricht der ältere Herr an diesem Abend mit seiner Frau über Vera? Gelingt es ihm vielleicht, durch das Zusammensein mit seiner Frau den peinigenden Gedanken ein wenig zu entkommen? Oder verstärkt das Zusammensein mit ihr im Gegenteil das Gefühl, irgendetwas übersehen oder versäumt oder falsch gemacht zu haben, das vom Zusammensein mit Vera übriggeblieben ist? Er kann es nicht in Worte fassen. Etwas in ihm scheint angesprochen worden zu sein, das seinem Bewusstsein immer wieder entgleitet. Warum ist der Kummer über den seltsamen, doch inzwischen zur Gewohnheit gewordenen Zustand seiner Frau an diesem Abend besonders intensiv? Er verspürt das Bedürfnis, ihr nah zu sein, sie zu umarmen und zu liebkosen, so stark wie lange nicht mehr und daher auch die Enttäuschung über die Unmöglichkeit alles dessen so stark wie lange nicht mehr. Seine Frau ist einmal gesund und attraktiv gewesen (einen Kopf größer als er, ohne ihre Pumps), in den ersten Jahren nach dem Krieg, als er mit ihr glücklich war. Ihre Tatkraft, ihre Freimütigkeit, ihre Lebensgier beeindruckten ihn, als er sich in sie verliebte. Er kaufte ihr Parfum. Sie tanzten nächtelang. Lernten, planten, packten an. Vielleicht hatte sie einmal zu den jugendlichen Krankenschwestern gehört, die Verwundete pflegen mussten, vielleicht in einem Lazarett. Vielleicht hatte sie bei Notoperationen assistiert, die

Schreie gehört, das Flehen und Wimmern der Sterbenden auf dem Flur, für die das Morphium nicht ausreichte. Vielleicht hatte es noch andere Dinge gegeben, von denen er nichts, fast nichts weiß, von denen sie nie sprach. (Wozu das aufrühren? Ich bin eine andere gewesen. Wir sind andere gewesen. Haben wir überhaupt gelebt?) Dann waren die Amerikaner gekommen. Nach dem Zusammenbruch der Neuanfang. Freiheit, die sie immer schlechter vertrug. Sie wurde empfindlich, erkältete sich schnell. Ließ sich Tabletten verschreiben. Las nichts mehr, nicht einmal die Zeitung, die ihm so viel bedeutet. Begleitete ihn nicht mehr, wenn er sonntags die Neubauten besichtigte, die überall emporwuchsen, oder zu einer Kunstausstellung, einem Schaufensterbummel, zu ihrem wöchentlichen Tanzkurs. In der Kinderarztpraxis, in der sie arbeitete, gab es Vorfälle, die schließlich zu ihrer Entlassung führten. Sie hatte die Kinder angeherrscht, ihnen Ohrfeigen gegeben, wenn sie weinten, sie in die Kniekehlen geschlagen, wenn sie beim Röntgen nicht stillstanden. Er hatte es nicht glauben wollen. Falsche Anschuldigungen, kleinliche Eltern, er kennt doch seine Frau! Nach der Kündigung hatte sie tagelang auf der Couch gelegen, bleich, appetitlos, in eine Decke gehüllt. Ich kann diese Kinder nicht mehr sehen, ich ertrage sie nicht mehr. Wie dumm sie sind, wie hässlich! Und sie lügen, lügen einem frech und dreist ins Gesicht! Er hatte sich um eine Behandlung bemüht. Natürlich, sie war erschöpft, überreizt, musste sich ausruhen, endlich, nach all diesen Jahren einmal zur Kur. So hatten sie sich zum ersten Mal für längere Zeit getrennt. Als sie zurückkehrte, war klar, dass Arbeit nicht mehr in Frage kam. Sie hatte sich verändert. Was hielt sie vor ihm zurück? Ihr Gesicht unnahbar, starr. Sie ist jetzt Hausfrau. Sie richtet die Wohnung ein. Lässt das Bad vergrößern. Kauft einen Fernsehapparat. Wie jeden Abend sitzt sie beim Fernsehen neben ihm auf der Couch. Hat er ihr also von Vera erzählt? Vielleicht beginnt er mit ein paar Anfangsfloskeln, hilflosen Sätzen, die bald in Schweigen übergehen, weil er erkennt, dass es ihm nicht gelingen wird, ihr Interesse zu wecken. Das eigenartige Unwohlsein, das er in Veras Gegenwart empfand, hat er für sich behalten, und nun steigt es wieder in ihm auf, während seine Frau eine Quizsendung oder Unterhaltungssendung oder eine Tanzshow verfolgt, und der Wunsch, ihr die Frage, die ihn beschäftigt, anzuvertrauen, mischt sich – nicht zum ersten Mal – mit der Ahnung, dass das Leben, das er mit ihr führt, falsch ist und er ihm dennoch nicht entkommt. (Falsch, obwohl ich gar nichts falsch gemacht habe, sagt er sich mit schwerer werdendem Kopf, falsch, obwohl ich immer auf der richtigen Seite stand.) Er schenkt sich ein zweites oder drittes Glas Bier ein und sinkt alsbald in einen Dämmerschlaf. Veras Gesicht schwebt vor ihm in der Luft und verschwimmt mit dem Gesicht seiner Frau. Ein einziges Gesicht also, ohne Farbe, maskenhaft, geisterhaft, das ihn auf etwas Unerklärliches und Schreckliches hinweist, ein Geheimnis, von dem er sich angezogen fühlt, während der Schlaf seine Glieder taub werden lässt und er zu schnarchen beginnt. Als läge in diesem Geheimnis etwas Rettendes (gelänge es ihm nur, der allumfassenden Betäubung zu entkommen!). Als wäre dieses Schreckliche die Antwort, die er sucht.

Meine Mutter spricht nie über den Krieg, nie über die Jahre davor, die sie in dem abgeschiedenen Städtchen, in dem sie aufwuchs, erlebte, jedenfalls nicht in der Zeit, die ich hier behandle. Sie ist ganz und gar der Gegenwart zugewandt, eine flotte junge Frau, schlagfertig, apart, eine verantwortungsvolle Mutter, und der keineswegs ironisch gemeinte Satz: Ihr werdet es später besser machen!, der mir von ihr im Ohr ist, drückt ihre tiefste Überzeugung aus. Sie sagt diesen Satz zum Beispiel, als ich anfange, mit ihr über gewisse Erziehungsmaßnahmen zu diskutieren. Darf man Kindern Ohrfeigen geben? Sie gab uns ab und zu eine Ohrfeige, aber das Bambusstöckchen, das zur Abschreckung immer griffbereit auf dem Schrank lag, verschwand. Was sie über die antiautoritäre Erziehung im Fernsehen sieht (ganz nah, in Frankfurt, der erste Kinderladen), schockiert und fasziniert sie, und sie versäumt keine Sendung, keinen Vortrag über das Thema. An der Volkshochschule belegt sie neben Italienisch einen Kurs über moderne Pädagogik, was schließlich dazu führt, dass ich größere Freiheiten genieße als die meisten meiner Mitschülerinnen. In der Zeit, als man uns in der Aula den Film über Bergen-Belsen zeigt, erzählt sie zum ersten Mal von ihrer eigenen Schulzeit. Aber die Schule kommt nicht vor. Lehrer fehlten. Väter fehlten. Immer wieder erfuhr sie, dass Nachbarjungen, „Tanzherren“, Schüler, mit denen sie – im bescheidenen Rahmen dessen, was das streng katholische Elternhaus zuließ – befreundet gewesen war oder geflirtet hatte, „gefallen“ sind. Wenn sie erzählt, bleibt sie distanziert, als hätten diese Geschehnisse nichts mit ihr zu tun, als wären nur andere entsetzt, bestürzt, erschüttert gewesen, als hätten nur andere nach dem Eintreffen solcher Nachrichten geschrien gejammert geschluchzt, nie sie selbst, als wäre sie immer nur die Beobachterin gewesen, die das von den Ritualen der Religion nicht einzudämmende Trauern der Frauen um sie herum teilnahmslos mitansieht. In demselben kühlen Ton schildert sie auch das massenhafte Sterben, das sie wenig später miterlebt, als sie kurz vor Kriegsende 17-jährig zur Arbeit in einem Lazarett verpflichtet wird: das Stöhnen der Schwerverwundeten, die über und neben ihr in Stockbetten liegen, die „Mama"-Rufe der Todgeweihten, das Operieren bei Funzellicht (in einem Keller?, einem Zelt?), das abgesägte Bein, das man ihr in die Arme legt: „Bringen Sie das weg!" Sie spricht darüber wie über kuriose Vorkommnisse in einer anderen Zeit, die es irgendwann irgendwo gegeben haben mag, an die man aber als ein Mensch, der in der Gegenwart lebt, die Gegenwart genießt, die Aufgaben bewältigt, die die Gegenwart stellt, keinen Gedanken verschwendet. Nicht nur, dass wir, die Generation ihrer Kinder, es einmal besser haben würden als ihre eigene, ist ihr eine unumstößliche Gewissheit, sondern darüber hinaus, dass wir auf geheimnisvolle Weise gefeit wären vor den Fehlern, Bosheiten und Dummheiten, die ihnen unterlaufen waren und deretwegen man sie mit Recht tadelt. Ihr werdet es besser machen! Vielleicht äußert sie das in diesem Moment, in dem sie sich an das Mädchen im Lazarett erinnert, das sie einmal war, mit einem Seufzen, aber auch mit ihrer gewohnten Zuversicht, ihrem gewohnten Pragmatismus und dieser geradezu begeisterten Hingabe an das Hier und Jetzt, die mir an ihr immer ein Rätsel geblieben ist. In dem Jahr, in dem Vera (57) in Darmstadt war, um, von niemandem beachtet, für einen kurzen Moment die Vergangenheit zu Wort kommen zu lassen, von der niemand etwas wissen will, hat meine Mutter (41) es schon geschafft (so jedenfalls das Bild, das in mir ist, die Rolle, die sie in meiner Erzählung spielt), diese Vergangenheit zu eliminieren. Zweifel an dem gleißenden Versprechen des Immerbesserwerdens scheint es nicht zu geben. Es ist, als hätte meine Mutter, als hätten wir alle erst 1949 oder 1952 (dem Jahr ihrer Heirat) zu leben angefangen, als wären die Erfahrungen der Jahre zuvor nur eine etwas schwer zu lesende Einleitung, der, hat man sich einmal durch all das wirre Zeug hindurchgekämpft, ein vom Buchhändler angepriesener wunderbarer Roman folgt. (Wer aber ist, in dieser Metapher, der Buchhändler? Amerika? Die Demokratie? Der Kapitalismus?) Meine Mutter las Romane. (Die Regale in unserem Wohnzimmer füllten sich mit Büchern.) Las sie auch den kleinen Artikel im *Darmstädter Echo*, in dem von Vera die Rede war? Hörte sie zu, als ich ihr von dem Film über Bergen-Belsen erzählte, den wir in der Schule gezeigt bekamen? Wann wurde mir klar, dass die Welt, in der ich lebte, einen doppelten Boden hatte, dass es ein Geheimnis gab, das, wenn auch unfassbar, ortlos, wortlos, den gleißenden Versprechungen, den dreisten Lügen der Gegenwart widersprach? Ja, meine Mutter hörte mir zu, als ich von dem Film erzählte. Machte ein ernstes, ein trauriges, ein mitfühlendes Gesicht. Ein Gesicht, wie man es macht, wenn man etwa vom Tod eines entfernten Bekannten erfährt oder vom tragischen Unfall des Freundes eines Freunds.

Aber was hat das alles mit uns zu tun? Wir haben andere Sorgen! Angst haben wir genug gehabt, Schreckliches haben wir genug erlebt, jetzt die Entschädigung! Wozu sonst die Autos, die überall vor der Tür stehen, die neuen Möbel und Italienreisen, die Kaffeemaschinen, die Sektkühler, die Wohnzimmergarnituren, wozu die geschmackvollen Frühlingsfarben, das herrliche Frühlingswetter, die ganze schöne Frühlingswelt mit den Vögeln im Garten und der Sonne am Himmel, die wie ein Scheinwerfer die Welt ausleuchtet, um die letzten flüchtigen Schatten zum Verschwinden zu bringen?

Das Geheimnis ist bei Vera geblieben. Es verlässt sie nicht mehr. Es macht ihren Körper steinschwer. Als sie das Hotelzimmer betritt, merkt sie es wieder. Ein Stein, der an ihr hängt, ein Felsbrocken, den sie mitschleppt. *Mit Schwere erfüllt, wegen allem, was sich abgespielt hatte.* Das ist das Nichtvergessenkönnen, eine Art Müdigkeit, Todesmüdigkeit. Schon als sie das Spießrutenlaufen hinter sich hatte, stellte es sich ein, schon als sie die erste Leiche sah, die, von den Stöcken der Männer weichgeschlagen, von den Hunden zerrissen, auf dem Boden lag, *zu einer dünnen Masse zertreten*. Wie sie aufrecht bleiben konnte, als die Stöcke der Männer auf sie einprügelten, als die anderen ringsum stolperten stürzten liegen blieben, wie sie lebendig bleiben konnte an diesem Tag und am nächsten und übernächsten und an jedem Tag bis heute – so oft hat sie sich diese Frage gestellt. Wie sie es schaffte, den Stein, die zu Stein gewordenen

Bilder Szenen Abläufe, mitzuschleppen seit 27 Jahren. (Soll ich von Erinnerung sprechen? Kann man von Erinnerung sprechen, wo es um Heimsuchung geht?) Bleierne Schwere, jetzt, nach dem langen Flug, den Aufregungen der Ankunft, allein im Hotel. Sie stellt den Koffer neben das Bett, zieht den Mantel aus, die Schuhe. Setzt sich mit hängendem Kopf aufs Bett. *Rette dich, Töchterchen.* Steht wieder auf, zieht den Vorhang zu. Denn die Straße unten, die Häuser gegenüber, die Autos Ampeln Schaufenster Passanten – es liegt in diesem Anblick etwas, das sie unruhig werden lässt. Sie muss darauf achten, ihren Blick nicht zu lange an Dingen haften zu lassen, die gefährlich werden könnten. Sie weiß nicht, wie es kommt, dass schlichte, harmlose, oft nicht einmal deutlich wahrgenommene Gegenstände und Konstellationen unvermittelt ein gefährliches Aussehen annehmen können, aber es ist so, und sie muss darauf achten, stets den richtigen Abstand einzuhalten. Sicherheit gibt es nirgends. Es herrscht nun ein angenehmes Dämmerlicht in dem Zimmer, rings um das Bett, auf dem sie sitzt, auf dem ihr steinschwerer, steinkalter Körper sitzt, ohne dass sie es wagen könnte, sich nach hinten sinken zu lassen, denn sie will nicht einschlafen. Sie hat lange nichts gegessen. Sie könnte hinuntergehen in das Restaurant, aber sie hat keinen Hunger, und noch mehr fürchtet sie die Gesichter der Gäste, die dort zweifellos sitzen werden, Paare, die sich leise über die kleinen Ereignisse ihres kleinen, stillen und redlichen Lebens unterhalten, Freundesrunden, Kollegenrunden, Kellner, die sie etwas fragen und denen sie antworten müsste. Jetzt, da ihr plötzlich bewusst wird, wo sie ist und dass sie allein ist, fürchtet sie, einem gewöhnlichen Kellner, der auf sie zutreten und sie etwas fragen könnte, nichts Geeignetes entgegnen zu können und dadurch aufzufallen. Auffallen aber darf sie keinesfalls. *Überall an mir hatte ich trockenes, verkrustetes Blut, meine Haare verklebt, meine Beine waren blau und geschwollen.* Daher ihre Angst, ihre gelegentliche Unbeholfenheit gewöhnlichen lebendigen Menschen gegenüber. *Es war mir klar, dass ich auf keinen Fall die Wahrheit sagen durfte.* Doch das Wissen ist da. In ihr, *sehr schwer und sehr schrecklich.* Das Wissen, von Toten umgeben zu sein und in die Gesichter von Toten zu blicken, während sie mit den Lebenden verhandelt. *Ich blieb unter der Erde liegen.* Nur die Toten erregen keine Bangigkeit, keinen Schauder in ihr, nur von den Toten muss sie keinen Abstand halten. Sie sind ihr vertraut, sind altbekannte Gefährten. Oft sagt sie sich, dass sie die Lebenden kaum noch kennt, weil sie eigentlich nicht mehr zu ihnen gehört, nicht in ihre Welt gehört, sondern in die andere, die unsichtbare, die schweigende Welt, die Geisterwelt. (Ist das der Grund für das Unwohlsein, das den älteren Herrn in ihrer Gegenwart überfiel, der Grund auch meines Unwohlseins, wenn ich mir Vera vorstelle, an diesem Abend, allein im Hotel? Der Verdacht, dass sie ein Schattenwesen ist, eine Wiedergängerin, eine Untote, deren Gegenwart man nicht aushält ohne Widerwillen, deren Blick einen zur Flucht zwingt?) Wie lange sitzt sie auf dem Bett? Eine Stunde, vielleicht zwei, vielleicht drei. Sie hat in dieser Nacht kein deutliches Bewusstsein von Zeit. Irgendwann hebt sie den Kopf, und es fällt ihr auf, dass zu dem Zimmer auch ein Bad gehört.

Sie sieht es sich an. Es ist viel größer als das Bad in ihrer Einzimmerwohnung in Kiew, viel größer vielleicht als alle Bäder, die sie je gesehen hat, es ist weiß gekachelt, sauber, es hat moderne Armaturen ohne eine Spur von Rost. Weiße Handtücher hängen über einer blitzenden Stange, und auf dem Boden liegt eine weiße Matte. Auch Seife gibt es, weiß, duftend. Das Wasser strömt rauschend aus dem Hahn. Das Wasser strömt über ihren steinernen Körper, so dass sie allmählich ihre Haut wieder fühlt, ihre Arme und Finger und Zehen, ihre Wangen, ihre Haare. Es ist, als würde sie in einem Sommer vor 50 oder 100 oder 1 000 Jahren in einem Strom schwimmen, einem breiten Strom, der sie trägt, ohne dass sie sich anstrengen muss, der ihren schweren Körper leicht werden lässt, der sie trägt und fortschwemmt über die weite, von sandigen Erosionsrinnen gezeichnete Ebene, an Schluchten und Gruben vorbei, an Städten und Dörfern vorbei, über die große bunte Erde bis zur Mündung im Schwarzen Meer.

Im Badezimmer sind die Tabletten, die mein Vater braucht, um zu schlafen. Tabletten gehören zu dieser Zeit, zu ihrem Versprechen von Schmerzlosigkeit, von schattenloser Zukunft. Darmstadt gehört zu den Städten, die von der Tablettenproduktion leben, auch das Geld, das mein Vater verdient, stammt aus der Tablettenproduktion, auch das Haus, das meine Eltern bauen, wird mit Geld aus der Tablettenproduktion gebaut, auch die Kinder, die sie aufziehen, werden mit Geld aus der Tablettenproduktion aufgezogen. Niemand bestreitet den Nutzen von Tabletten, die die Macht haben, Schmerzen zu eliminieren – sind Schmerzen nicht dazu da, eliminiert zu werden, wie Krankheiten, wie Schlaflosigkeit, wie alle Symptome des Körpers, die sich dem Gebot des Vergessens nicht fügen? Tabletten beweisen, dass wir unseren Körper im Griff haben: Wir können vergessen, wenn wir vergessen sollen. Wir können Gedanken unterdrücken, wenn wir solche Gedanken nicht haben wollen. Wir können unseren Körper zu etwas machen, das unseren Zwecken dient. Die Schlaflosigkeit meines Vaters erscheint als Krankheit, die mit stark wirkenden (und stark schädigenden) Tabletten bekämpft wird, wie sie in dieser Zeit wohl millionenfach verschrieben und bedenkenlos eingenommen werden. Denn es muss Millionen von Familien geben, in denen Väter, die eben noch Soldaten gewesen sind, nachts keinen Schlaf finden. Millionen von Familien, in denen Vergangenes in ungreifbarer Form beunruhigend, angsterregend ans Licht zu kommen sucht, Millionen von Familien, in denen sich Väter, die eben noch Soldaten gewesen sind, stundenlang ruhelos im Bett wälzen oder zitternd schreiend schweißgebadet aus Albträumen erwachen, von denen sie niemandem erzählen können. Solche Väter wünschen sich Schlaf, blinde Reise, zeitloses, schmerzloses, finsteres Nichts. Und ich, Tochter eines dieser Väter, öffne eines Tages das Schränkchen über dem Waschbecken in unserem Bad, schütte alle Tabletten in mich hinein und lege mich aufs Bett. Will ich wirklich sterben? Soll mich der Tod aus der Verworrenheit des Lebens retten, den Ahnungen anderer Zeiten, anderer Generationen, den körperlichen

Peinlichkeiten, der Selbsttäuschung, der Angst, den nicht auflösbaren Widersprüchen? Wünsche ich den Tod als etwas Unhintergehbares, Eindeutiges, Festes, weil es sonst nichts Festes und Eindeutiges mehr gibt, weil ich mich vor der Festigkeit und Eindeutigkeit des Nein fürchte, das ich aussprechen müsste, um mich zu retten? So viel steht fest: Das erlösende Wort, das Wort, das die Macht hätte, die Lügen zu entkräften und mir meinen Körper zurückzugeben, es kommt mir nicht über die Lippen.

Die kleine Lampe auf dem Nachttisch brennt mit gelbem Licht. Der Hotelteppich ist weich unter Veras nackten Sohlen. Vielleicht hat sie in dem Schränkchen unter dem Tisch etwas zu essen gefunden, vielleicht raucht sie, vielleicht schaltet sie den Fernsehapparat ein. Ohne Ton – das ist sicherer – verfolgt sie eine Weile, auf das Kopfbrett des Bettes gestützt, was es da zu sehen gibt. Doch auch wenn es ihr für kurze Zeit vielleicht guttut, Deutschland auf diese Weise, als Bildersammlung, zu betrachten, ist sie dessen bald überdrüssig. (Fernsehen gibt es auch in Kiew.) Die alte Unruhe meldet sich. Sie fürchtet sich vor dem Einschlafen. Sie ist allein, weit weg von zu Hause, in einem Hotel in Deutschland, nicht in ihrer Einzimmerwohnung in Kiew, wo sie, wenn es zu gefährlichen nächtlichen Zuständen kommt, weiß, was zu tun ist (ins Bad gehen, Tablette nehmen, vielleicht einen Arzt, eine Freundin Verwandte Kollegin anrufen). Sie weiß, wie wichtig es ist, dass nichts passiert. Dass sie aufrecht bleibt, nicht stolpert, nicht schwach wird, dass sie es zum Gericht schafft: um auszusagen. Wichtig für wen? Für mich, für uns. Für sie selbst? Ja. Hätte sie es sonst gewagt, ihre Wohnung zu verlassen, das Flugzeug zu besteigen, nach Deutschland zu kommen? Ihr Mut ist größer als ihre Angst. Sie hat sich vorbereitet. Wochenlang. Jahrelang. In dem Raum, den sie in sich geschaffen hat, liegen die Worte bereit, dieselben (oder ähnliche) Worte, die sie vor dem sowjetischen Militärtribunal benutzte, gesprochen von der Stimme, die ich auf Youtube hörte, diese Stimme, die sie eigens zu diesem Zweck in sich ausgebildet hat: um den vorbereiteten Text aufzusagen, ohne in Zustände zu geraten, die die Klarheit ihrer Aussage beeinträchtigen würden. Um der Welt zu verkünden, dass all das wirklich passiert ist. *Eines Abends kam ein großer deutscher Mann in unsere Wohnung und suchte nach Juden.* Um vom Anfang zum Ende zu gelangen, ohne auf sich selbst aufmerksam zu machen. Denn wenn jemand sie entdecken würde, wäre es aus. *Ich blieb unter der Erde liegen. Ich gab keinen Laut von mir und stellte mich tot.* Sie ist also bereit, und trotzdem fürchtet sie sich vor dem Einschlafen. Einschlafen bedeutet, die Kontrolle aufzugeben. Alles zu riskieren. *Es war ein kleines Loch, durch das man hindurchgehen musste, unten war dann eine tiefe Schlucht.* Und kein Zurück. Kein Gebüsch zum Verstecken. Kein hilfreicher Zufall, noch irgendein Gott. Keine Rettung. Nur die Luft, in die man sich fallen lassen muss. Die *tiefe Schlucht, voll von Menschen und Blut*, und die Gesichter gegenüber (5, 6, 10, 20, wie viele waren es?), Uniformen, Maschinengewehre, die erhobene Hand des Kommandierenden, das Feuer auf dem sandigen Hügel, das den ganzen Tag brennt, um die Uniformierten mit heißem Kaffee zu versorgen (erst abends gibt es Schnaps), das Kommando, das Nichts – der Sprung.

Was weiß ich davon, Vera? Ich bin 14, ein halbes Kind. Ich habe panische Angst vorm Springen. Ich stehe auf dem Sprungbrett im Schwimmbad in Darmstadt. „Spring!“, ruft mein Vater. Das Brett wippt. Meine Kehle ist so eng, dass ich kaum noch atmen kann. Zitternd krallen sich meine Zehen um den Rand, zitternd strecken sich meine Arme nach vorn, dann lasse ich mich fallen. So wüsste ich Bescheid? *Als nur noch eine Person vor mir war, nahm ich meine ganze Kraft zusammen und sprang in die Grube.* Mein Sprung, Veras Sprung, unser Sprung? So könnte ich davon erzählen, weil auch ich einmal gesprungen bin? Was für ein törichtes Unterfangen, was für eine Dreistigkeit, erzählen zu wollen, wie es ist, sich unter dem ohrenbetäubenden Stakkato der Maschinengewehre aus 10 Metern Höhe in eine mit stöhnenden sterbenden Körpern angefüllte Grube fallen zu lassen und liegen zu bleiben, Blut und Sand im Mund, liegen zu bleiben, sich von Stiefeln noch tiefer hineintreten zu lassen in das Leichenfleisch, auf dem man liegt, liegen zu bleiben, Blut Sand Erbrochenes im Mund, im Gesicht, in den Augen, liegen zu bleiben, ohne ein Wort, bis sich nichts mehr unter dir regt, bis auch die Fliegen sich verzogen haben, bis es dunkel ist, still, still – hör auf, genug! Nichts mehr davon, nie mehr!

Es wird still draußen. Die Zeit dehnt sich, verliert jedes Maß. *Ich hörte dann nur noch gedämpfte Laute. Ich wusste nicht, ob sie sich entfernt hatten, oder ob das die Erde ausmachte, die auf mir lag.* Sie will jetzt nicht länger allein bleiben. (Heute würde sie in Kiew anrufen, aber ist das damals so einfach möglich gewesen? Übrigens schlafen dort schon alle.) Sie ist daran gewöhnt, allein zu sein, und zieht das Alleinsein normalerweise dem Zusammensein mit anderen vor, aber in dieser besonderen Nacht, in Deutschland, in Frankfurt, da das Nichtvergessenkönnen bedrohliche Ausmaße anzunehmen droht, braucht sie einen Beweis, eine greifbare, körperliche Bestätigung dafür – wofür? Dass das Schießen vorbei ist? Dass sie wirklich unter dem Leichenberg hervorgekrochen ist, sich gerettet hat, atmet, lebt? Dass der ältere Herr, Abgesandter des Gerichts, die Wahrheit sagte, als er sagte, er werde sie morgen früh, 7 Uhr 30, abholen und sie pünktlich zum Gericht bringen? Wie schnell die Unruhe, die in ihr aufgestiegen ist, größer wird, wie schnell nichts Verlässliches mehr übrig ist, nicht das gediegen ausgestattete Hotelzimmer mit dem geräumigen, gänzlich rostfreien Bad, nicht die Straße draußen mit den Autos Ampeln Passanten einer gewöhnlichen Frankfurter Aprilnacht, nicht einmal mehr das gefaltete Blatt in ihrer Handtasche, der Brief des Generalstaatsanwalts mit Datum, mit Unterschrift, mit Stempel, auf festem, weißem, deutschem Papier – könnte es nicht eine Fälschung sein? Könnte nicht alles eine Falle sein, die man ihr gestellt hat, um sie endlich doch noch zur Strecke zu bringen? *Eines Tages kam ein großer deutscher Mann in unsere Wohnung und suchte nach Juden.* Nein, es wird nicht gut ausgehen, wenn sie jetzt allein bleibt, die Zweifel werden überhandnehmen, das Nichtvergessenkönnen wird jedes Vertrauen in das Neue, das Heute unterhöhlen, kein Wort, keine Vernunft wird standhalten und alles wird vom Gewesenen eingesaugt und überwältigt werden wie der Tag von einem düsteren, unerbittlich sich wiederholenden Traum. Sie kennt sich. Und sie ist – seit sie in meiner Nähe ist, wird mir dieser Charakterzug immer klarer – vor allem eine praktische, nüchterne, vernünftig denkende Frau. (Daher, vielleicht, ihr erstaunlicher Mut.) Sie neigt weder zu Einbildungen noch zu selbstquälerischer Grübelei. Sie hat gelernt, mit den Toten zu leben. (Oder nicht?) Sind sie es, die ihr das Dasein streitig machen? (Was weiß ich schon?) Nein, es ist ihr eigener Lebenszweifel. Es ist jene unnennbare, in gewissen Momenten in ihr aufsteigende Unruhe, die sie plötzlich argwöhnen lässt, dass das Vergangene vielleicht noch nicht hinter ihr liegt, dass sie vielleicht noch nicht unter den Leichen hervorgekrochen ist, vielleicht den sandigen Abhang noch nicht erklommen und sich noch nicht gerettet hat. *Da habe ich verstanden, dass ich diese ganzen 3 Nächte mich immer und immer wieder im Kreise gedreht hatte, aus dem es kein Entkommen gab.* Als gälte für sie keine Zeit. Als müsste sie sich immer wieder fallen lassen und unter den Leichen liegen bleiben, bis es dunkel ist, und dann immer wieder den Abhang aus rieselndem Sand erklimmen und umherirren und fliehen und sich verstecken, solange sie lebt. Aber sie weiß auch, dass das ein von Angst erzeugtes Bild ist, nicht die Wirklichkeit. Sie hat Erfahrung mit solchen Bildern, solchen Zuständen, und hat gelernt, sich mit ablenkenden

Maßnahmen darüber hinwegzuhelfen. Oder nicht? Wie wäre es ihr sonst in den letzten 27 Jahren gelungen zu schlafen, zu atmen, zu lachen? (Ist dem Youtube-Video anzumerken, dass sie ein Mensch ist, der gern lacht? Oder ist auch das – wie das Vertrauen auf Barmherzigkeit und Gerechtigkeit – längst verlorengegangen?) Sie weiß, dass es manchmal schon genügt, Menschen zu sehen, fremde Menschen in ihrem fremden Leben, weil die Fremdheit Neues verheißt. Weil es immer noch Neugier in ihr gibt, Wissbegier, Freude, selbst hier, in diesem Land, dem Land der Mörder. So stelle ich es mir vor. Deshalb also zieht sie sich nun kurzentschlossen wieder an, schminkt sich vielleicht vor dem Spiegel im Bad die Lippen, knipst das Licht auf dem Nachttisch aus und verlässt das Hotel.

Vielleicht geht sie, bevor sie auf die Straße hinaustritt, noch zu dem Nachtportier, der hinter der Empfangstheke döst, um ihn nach einem Lokal zu fragen, das man um diese Uhrzeit als Frau allein noch aufsuchen kann, ohne behelligt zu werden, oder um irgendeine andere kleine Information von ihm zu erhalten. Sie spürt, dass es sie schon beruhigt, seine Stimme zu hören, weil sie freundlich, zerstreut, sogar etwas verschlafen klingt, nicht scharf, nicht kalt, nicht höhnisch wie die Stimmen, die sich, als sie in ihrem Zimmer auf dem Bett lag, in ihr bemerkbar gemacht hatten. Er wiederum ist ein Mensch, der wegen einer unfallbedingten Verkrümmung der Wirbelsäule aus dem regulären Erwerbsleben und somit aus dem regulären Leben an sich ausgeschieden ist und sich damit abgefunden hat, von den meisten Leuten in seiner Nähe nicht wahrgenommen zu werden. Im Hotel ist man ihm zugetan, weil er seinen Dienst ordentlich verrichtet und in all den Jahren noch nie um eine Lohnerhöhung gebeten hat. Mit der nächtlichen Arbeit am Empfang verdient er gerade so viel, dass er sich ein kleines Zimmer in einem Mehrfamilienhaus, Bücher und regelmäßige Kinobesuche leisten kann. Ein noch junger, etwas seltsamer, vielleicht verschroben wirkender Mann. Als sie auf ihn zutritt, ist sie ihm auf Anhieb sympathisch – wie ihm alle Gäste, die aus dem Ausland kommen, auf Anhieb sympathisch sind –, aber es fällt ihm auch irgendetwas an ihr auf, was ihn sofort und aus dem tiefsten Inneren heraus wachsam werden lässt. Als er in seinem Gedächtnis nach einer Ähnlichkeit sucht, kommt er auf eine Filmfigur, die ihn einmal stark beeindruckte: eine tatarische Reiterin in einem Dokumentarfilm über die Steppe. Eine Frau, von der etwas so Freies und Unbeugsames ausging, dass er sie tagelang nicht vergessen konnte. Sie ist, so viel ist klar, kein gewöhnlicher Gast. Nicht elegant. Nicht umgänglich, gewandt. Nicht an Hotels, an Reisen, an die große Welt gewöhnt. Sie riecht nicht nach Parfum. Ihr Blick bleibt nicht an seinem Buckel hängen. Sie fordert nichts, sucht nichts, erwartet nichts. Doch auch sie fühlt sich von dem Nachtportier angezogen, zuerst von seiner Stimme, dann von seinen Augen, ja, der kleine, verwachsene Mann scheint ihr irgendwie vertraut zu sein. *Neben mir ging ein blinder Mann, der immerzu jammerte und bat, jemand möge ihn stützen und führen, denn er sehe nichts.* Merkt sie, während sie ein paar belanglose Worte wechseln, dass der Nachtportier jemandem ähnelt, den sie einmal kannte? Den sie *damals* kannte? *Ich nahm seine Hand und fragte ihn.* (Er ist natürlich jünger, und da er nicht stark hinkt, vermeidet er, sich auf einen Stock zu stützen. Er will nicht noch hinfälliger wirken, als er ist.) Oder merke nur ich es, weil ich ihre Stimme, sehr leise, höre, kaum höre in dem allgemeinen Lärm: die bange Stimme einer jungen Frau, die, während ihre Nachbarn, ihre Eltern, ihre Schwester in dem sich unablässig auf die sandige Grube, die Kette von Soldaten am Hügelkamm zubewegenden Menschenstrom von ihr fortgerissen werden, mitten in dem fürchterlichen Gewimmel Geschrei Gebrüll dem mit seinem Stock herumtappenden Blinden ihre Frage stellt: *Großväterchen, wo gehen wir hin?*

Der Blinde, angestoßen von den Armen und Schultern der Vorüberziehenden, hilflos, weil auch er die Seinen verloren hat und von niemandem mehr gestützt und geführt wird, ruft ängstlich die Namen derer, die er kennt, die eben noch bei ihm waren und jetzt verschwunden sind. Er trägt alte geflickte Sachen und abgetragene Schuhe, er ist bärtig und mager, weil er schon wochenlang kaum mehr etwas gegessen hat. (Wie viele von ihnen hatten gehofft, nicht mehr hungern zu müssen, wenn die Deutschen in der Stadt sind! Er wusste es besser, von Anfang an.) Unweigerlich erstirbt sein verzagtes Rufen, als ihm klar wird, dass keiner mehr antworten wird. Er steht still. Er spürt die Körper der Menschen um sich herum, die zwischen den steilen sandigen Ufern einen Strom bilden, einen mächtigen, träge wirbelnden Strom, der durch die Welt fließt. Der Strom ist lang, er wird bleiben, alles überdauern, ja, das Ende überdauern. Der Blinde ruft nicht mehr, klagt nicht mehr. Er steht da, auf seinen Stock gestützt, und hält der Erkenntnis stand. Seine blicklosen Augen richten sich auf die Schlucht: die Mulden und Gruben, wo die Leichen liegen werden, die Kanten und Kämme, wo die Schützen Aufstellung genommen haben, sie erfassen auch die Hunde, die wütend an ihren Leinen zerren, die Feuer auf dem Hügel, die erhobene Hand des Kommandanten, den Baum, der Vera retten wird in einer anderen Nacht, die Lastwagen, Schuppen, Garagen am Rand des Geländes, die Leichenstapel, die Scheiterhaufen, den großen Ascheberg, die ausgezehrte Stadt, die zerstörte Welt. Er *sieht*. Und Vera ist ihm begegnet auf ihrem Gang durch die Hölle (ein Wort, nur ein Wort, eine Redensart – wie viele Höllen hat es gegeben und wie viele stehen noch bevor?). Am ersten Tag, *es war 4 Uhr nachmittags*, nicht lange, nachdem sie durch das Lachen des blonden Soldaten mit dem braungebrannten Hals auf einmal begriffen hatte, was ihnen bevorstand, war der blinde Mann an ihrer Seite gewesen, und sie hatte seine Hand genommen und ihm ihre Frage gestellt (wie sie es vor Gericht in Darmstadt ausssagte und ich es später las). Und der bucklige Nachtportier versteht und zeigt mit der Hand in die Nacht.

Wann habe ich angefangen, an der Wirklichkeit zu zweifeln, wann begonnen, jenem anderen Ort, dem Ziel der blinden Reise, von der Leonard Cohen singt, wenn ich aus der

Schule komme und meinen Plattenspieler einschalte, mehr Wirklichkeit zuzubilligen als den sogenannten Tatsachen, der sogenannten Realität? Und wann habe ich gelernt, diesen anderen Ort (wenn man von einem Ort sprechen kann) mit Angst zu identifizieren, mit dunklen Schrecknissen, mit Gewalttaten, die über das Maß des mir Bekannten hinausgehen? (Das Maß des mir Bekannten: Ich sah meinen Großvater mit dem Luftgewehr auf Spatzen schießen. Ich fühlte die Hand meiner erzürnten Mutter auf meiner Backe. Ich meinte zu ersticken, als mein wütender Bruder mich packte und ein paar Sekunden lang unter Wasser drückte.) Die Geschichte meiner jugendlichen Verzweiflung, die mit einem spontanen Gewaltausbruch gegen mich selbst in Form einer Tabletteneinnahme vorläufig endete, scheint angesichts der Geschehnisse, die Vera zur Sprache bringt, angesichts der wirklichen Schrecknisse, der tatsächlichen Hölle, der echten Teufel, deren Existenz sie mitten im selbstzufrieden vor sich hin dämmernden Darmstadt bezeugt, eine lächerliche Geschichte zu sein. Denn ich litt ja gerade darunter, dass mir nichts wehtat. Ich meinte, nichts zu erleben, nirgends dazuzugehören, nur Oberflächen kennenzulernen, Fassaden, kalte, glatte, narbenlose Haut, die die fühlenden, die schmerzenden Körper umschloss. Ich ging die immergleichen Wege, suchte nach unbekannten Gesichtern, wohnte im Nirgendwo. Die Stadt, die sich mit unheimlicher Energie aus den Ruinen erhoben hatte, schien keinen Ort zu haben, kein Alter, unbeirrbar strahlte die Sonne und die Schatten hatten sich verflüchtigt. Aber in meinem Zimmer hörte ich Stimmen und fing an, Gespenster zu sehen, *and you want to travel with her, and you want to travel blind*, und vielleicht tauchte in dieser Zeit der Wunsch in mir auf, mich den Schattenwesen zu nähern – vielleicht aus reiner Neugier, vielleicht aus anderen Gründen, ich weiß es nicht –, ohne ihre wirkliche Macht zu kennen und ohne zu wissen, dass man sich ihnen nur gewappnet nähern darf. Deshalb, vielleicht, der Eindruck des Lächerlichen, der Eindruck des Theatralischen, der sich mir heute aufdrängt, wenn ich meine damalige Verzweiflungstat betrachte. Als hätte es untergründig eine ganz andere Absicht gegeben (oder geben können). Die Absicht, einen Zustand der Indifferenz, der Fühllosigkeit, der Selbstauflösung zu erreichen, um auf andere Weise sprechen zu können, um von dem sprechen zu können, was bisher nicht zum Vorschein kommen konnte, um, schwerelos, wie im Wasser, mit dem Verbindung aufzunehmen, was bisher nicht in den Raum des Vorstellbaren gelangte. (Als wäre es um Sprache gegangen, von Anfang an.) Als hätte mir eine Geschichte auf der Zunge gelegen, die ich erzählen wollte und nicht erzählen konnte, die ich erst heute erzählen kann.

Es ist spät, doch noch nicht zu spät, um auf die Straße zu gehen. Ein langer Abend, eine schöne Nacht, eine Frühlingsnacht, wie geschaffen, um mit offener Jacke auf der Straße unter Bäumen spazieren zu gehen. Autos hupen, auf dem Fluss ziehen Schiffe mit roten Lichtern vorbei, die Fenster sind hell, man will sich sehen lassen, flanieren, flirten, lachen, die Wärme genießen. *Die Straßen waren voll von*

Menschen. Nur Vera friert trotz ihres Wintermantels. Nachdem sie ihn um Auskunft gebeten hat, ist der Nachtportier aufgestanden – obwohl er es sonst ängstlich vermeidet, aufzustehen, weil er sich für den Buckel schämt, der dann viel deutlicher als im Sitzen an ihm hervortritt – und hat seinen Portierssessel hinter der Theke verlassen. Vielleicht gehen sie zusammen die paar Schritte zum Eingang, auf den Bürgersteig hinaus, sie langsam, mit behutsamen Schritten, er, hinkend, klein wie ein Kind, hässlich, bucklig. Er zeigt mit der Hand in die Nacht, und sie wendet sich zum Gehen. Kommen Sie zurück?, fragt er sie vielleicht in diesem Moment, aus einem ihm selbst unerklärlichen Impuls heraus, oder er flüstert schüchtern: Bitte, kommen Sie zurück. Ich weiß nicht, ob sie ihn hört. Vielleicht ist sie schon zu weit von ihm weg, vielleicht geht sie schon zwischen anderen Passanten, deren Stimmen die des Nachtportiers übertönen. So sieht er nur noch ihren Rücken und bleibt mit seiner Sorge allein. Er blickt ihr nach, bis sie verschwunden ist. Staunt über ihren unerschrockenen Gang, ihre aufrechte Haltung und spürt zugleich, wie viel Kraft sie das Gehen kostet, wie viel Müdigkeit, wie viel Angst Verzweiflung Entsetzen sie zu bezähmen hat, um so zu gehen, ihrem Körper diese Haltung zu geben. Vielleicht hört er gerade jetzt, da ihm die seltsame Verbindung bewusst wird, die es zwischen ihnen gibt, das Rauschen wieder. Zuerst glaubt er, es sei der Wind in den Bäumen, dem Hotel gegenüber, um gleich darauf zu erkennen, dass es ein viel machtvolleres Geräusch ist, ein Geräusch aus der Ewigkeit, das Geräusch der Ohnmacht und der Vernichtung. Das Rauschen des fallenden

Baums, das der Zerschmetterung seines Körpers vorausging. Er hatte allein im Garten gespielt, als der Baum sich zu neigen begann. Ein alter Nussbaum, der seit Jahren nicht mehr trug. An diesem Tag neigte er sich zur Seite und stürzte in Sekundenschnelle auf das spielende Kind. Nur das dichte Laub hatte die Wucht des Falls ein wenig gedämpft und ihm das Leben gerettet. Er hört also das Rauschen wieder, das ihm eine andere Welt öffnete, jene verborgene Welt, die er durchmaß, während die Seinen an seinem Bett saßen und um sein Leben bangten. Man hatte ihm berichtet, dass er damals wochenlang nicht ansprechbar gewesen sei, mit offenen Augen halluziniert habe. Was er in dieser Zeit erlebte, ist vergessen, verschwunden. Doch in der Nacht, in der Vera ihm begegnet, wird es wieder wach. Wieder sieht er sich dort, auf dem Boden sitzend, das Gesicht dem fallenden Stamm zugewandt. Wieder sinkt er in eine Sphäre von Ohnmacht und Dunkelheit. Und wieder tauchen Bilder auf, die ihn mit grenzenlosem Staunen erfüllen, Bilder einer anderen Erde, eines unversehrten, leuchtenden Planeten, der die Menschen von sich abgeschüttelt hat und in erhabener Vollkommenheit seine Bahnen um die Sonne zieht. Körperlos, zeitlos reiste er durch die schattenhafte Weite, einmal war alles Nebel, dann tauchten Landschaften vor ihm auf, Meere und Steppen, Wälder, Berge, Ströme von nie gekannter Schönheit, in zitterndem Morgenlicht. Unendliche Dimensionen eines gleichgültigen, unverletzbaren Daseins hatten sich ihm damals offenbart und ihn mit einer Art Genugtuung erfüllt. Er hatte die Größe Gottes geahnt: Sie hatte ihn mit seiner eigenen Unzulänglichkeit, seiner Verkümmerung, dem einsamen und armseligen Leben, das vor ihm lag, versöhnt. Aber jetzt lässt diese Größe ihn frösteln. Errät er, dass auch die fremde Frau im Wintermantel einmal das schreckliche Rauschen hörte, dass ihr etwas Unbegreifliches, etwas Seelenvernichtendes widerfuhr? (Und würde er, wenn er von ihrer Geschichte wüsste, erkennen, dass auch Menschen dazu geeignet sind, Werkzeuge jener zermalmenden Macht zu sein, jenes gleichgültigen Gottes oder jener fühllosen, ewig unveränderlichen Natur?) Er verflucht seinen hilflosen, verwachsenen Körper. Denn er will ihr nachstürzen, sie zurückhalten, sie beschützen – und wird sich nur wieder einmal seiner Schwäche bewusst. So hinkt er schließlich zurück an seinen Platz hinter der Theke im Hotel, wo er, umgeben von den alltäglichen Dingen, den freudlosen, trostlosen Dingen, die den Anspruch erheben, allein wirklich zu sein – den nummerierten Schlüsseln am Brett, den Ordnern und Prospekten, der alten, teefleckigen Thermosflasche, dem Telefon –, den Rest der Nacht verbringt.

Vera kommt indessen nicht weit. Nur ein paar hundert Meter vom Hotel die Straße hinunter merkt sie schon, dass sie nicht mehr kann. *Die Straßen waren voll von Menschen.* In dem Zustand, in dem sie sich befindet, übermüdet, hungrig, unruhig, ist sie nicht in der Lage, die Frankfurter Passanten, die ihr, die schöne Frühlingsnacht genießend, auf dem breiten Bürgersteig entgegenkommen, deutlich von den anderen zu unterscheiden, die ihr immer wieder entgegenkommen, die alten Männer mit Karren voller Habseligkeiten, die Frauen, die Kinder, die Greisinnen, der unabsehbare Zug. Sie versucht, ihren Blick scharf zu stellen, aber immer wieder verschwimmt das Bild. Immer wieder meint sie, in den Frankfurter Passanten jene anderen zu erkennen, die es längst nicht mehr gibt, deren Sprache sie spricht, deren Sprache untergegangen ist. Jene Vertrauten, von denen sie sich – *Rette dich, Töchterchen!* – in einem Akt von beispiellosem Mut und außergewöhnlicher Beherrschtheit losgesagt hatte, indem sie behauptete, nicht zu ihnen zu gehören, nur die *Begleitperson* zu sein, der nichts passieren dürfe, der man kein Haar krümmen dürfe, da sie – sehen Sie: meine Augen, meine Nase, mein Mund! – sei wie sie: wie wir. So hatte sie ein paar Stunden Zeit gewonnen, obwohl ihr klar war, dass auch sie dort oben an der sandigen Kante enden würde, wo alle endeten. Aber sie hatte Zeit gewonnen, das Ende war um ein paar Stunden hinausgezögert worden, wie ihr das ganze restliche Leben seither manchmal wie ein um Stunden Tage Jahre hinausgezögertes Ende vorkam, eine lange Verschnaufpause, in der sie ein wenig zu Kräften kommen und sich überlegen konnte, wie es weiterging. *Ich war in einer der letzten Reihen. Uns gegenüber waren Maschinengewehre.* Aber damals, als sie dann doch an den Rand treten musste und todesmutig den lebenserhaltenden Sprung in die Grube wagte, in die mit Leichen und Blut gefüllte Schlucht, war sie 30 gewesen, und heute ist sie 57, und sie spürt, dass ihre Kraft schwindet. *Ich konnte kaum etwas sehen, es drehte sich alles in meinem Kopf.* Nach ein paar hundert Metern auf dem belebten Frühlingsbürgersteig in Frankfurt fällt ihr das Atmen schwer. Vielleicht strengt es sie zu sehr an, den Blicken standzuhalten, die sie treffen. Welchen Blicken? Vielleicht sind es die Blicke der Schattenwesen in jenem endlosen Zug, von denen sie sich getroffen fühlt. Sie, die Verworfene, die Verräterin, die sich gerettet hat, sie, die Kolleginnen, Nachbarn, Onkel Tanten Kusinen Eltern Schwester im Stich ließ, um zu fliehen, sie, die lebt, während die anderen sterben mussten. Wie erwehrt sie sich dieser Blicke? Wie behauptet sie sich, Tag für Tag, Stunde für Stunde, Minute für Minute, als Lebende gegen die Toten? Ich weiß es nicht. (Was weiß ich schon? Ich habe ihre Aussage gelesen. Ich stelle mir ein paar Dinge vor: Das meiste entgeht mir.) Nach meinem Szenario geht sie an diesem Abend nicht allzu lange auf den Frankfurter Straßen spazieren. Sie hält Ausschau nach einem Ort, an dem sie nicht auffällt und sich erholen kann, um später einigermaßen wohlbehalten zurückzugelangen ins Hotel – zu dem buckligen Nachtportier, dem sie nicht aus dem Kopf geht. Der Angst um sie hat und auf sie wartet.

Sie friert. Entweder weil sie, wie es auf Reisen öfters passiert, innerlich noch nicht ganz angekommen ist in dem wärmeren Land und ihr Körper sich noch im kälteren Kiew wähnt, oder weil sie so lange nichts gegessen hat. Oder aus anderen Gründen, aus tieferen Gründen, denen sie selbst nicht nachspüren will, weil sie unweigerlich Dinge aufwecken würden, die besser unaufgeweckt bleiben. (Als könnte sie diese Dinge schlafen legen wie kleine Kinder, als würde sie ihre unangenehmen Stiche, ihr Wühlen, ihr Quälen nicht spüren, als wären sie nicht in ihren Körper eingewachsen wie Spreißel, als spürte sie nicht an allen Gliedern ständig ihr tödliches Gift.) Denn auch wenn sie weiß, was inzwischen aus Deutschland geworden ist, hätte sie nicht gedacht, wie imposant und farbenfroh hier alles ist, wie unbekümmert und jugendlich, wie selbstgewiss, wie laut. Sie fühlt sich fehl am Platz. Aber gibt es einen Ort, wo sie sich nicht fehl am Platz fühlen würde? Seit jener Nacht, die sie *dort* in der Grube verbrachte, *mit Blut übergossen, Erde im Mund*, seit jenen drei Tagen und Nächten vor 27 Jahren, als sie für kurze Zeit auf die andere Seite wechselte – die Seite der Toten –, ist ihr klar, dass sie von nun an überall fehl am Platz sein wird. Denn seit 27 Jahren ist sie, als „Überlebende", nur noch knapp am Leben, steht immer mit einem Bein im Grab, im Schattenreich, und sieht mit ihren Schattenaugen in die Gesichter lebendiger Menschen, die nichts hören und nichts wissen, die nichts damit zu tun haben, die ganz woanders waren, als das stattfand, was sie nicht vergessen kann, und die übrigens auch viel zu jung sind, als dass sie bei irgendetwas hätten dabei sein können. Lebendige Menschen, die nirgends waren und sich an nichts erinnern, die in Kulissen wohnen, in Pappautos herumfahren, hinter Pappfassaden fernsehen oder tanzen oder Gedichte lesen, so dass sich einem – jetzt, Jahrzehnte danach – die Frage aufdrängt, wer hier wer ist, und ob das geisterhafte Wesen, das Schattenwesen aus Kiew (dem ich den Namen Vera gab), das an diesem Tag und in dieser Nacht in Frankfurt einer Handvoll Menschen erschien, nicht das einzig Lebendige ist in diesem großen Nirgendwo. Sie ist die Einzige, die nicht mit Einbildungen und Selbsttäuschungen und Tatsachenverdrehungen bis zum Schwindligwerden getränkt ist. Die Einzige, die, mit beiden Beinen auf dem Boden stehend, sich mit beiden Armen (vor dem sowjetischen Militärtribunal, auf meinem Bildschirm) am Podium festhaltend wie eine Schiffbrüchige an einem Stück Treibgut auf schwankendem Meer, mit geübter Schauspielerinnenstimme, mit übertriebener Bühnenkünstlerinnenstimme, mit Geisterstimme die Wahrheit sagt.

Ich war zu jung, natürlich, viel zu jung, als dass ich bei irgendetwas hätte dabei sein können, aber heißt das, dass ich nichts weiß? Warum schenkt gerade diese Zeit uns Jungen so viel Aufmerksamkeit? Man diskutiert mit uns, man zeigt uns Filme, man überschüttet uns mit Waren, man lässt uns reisen. (Von Freiheit wird gesprochen, aber was heißt das?) Überhaupt kommt das Diskutieren in Schwang. Aber warum gelingt es mir nicht, mich an die Themen der Diskussionen zu erinnern, die damals zur Zerreißprobe mit meinen Eltern führten? Warum sehe ich das zornige und ratlose Gesicht meines Vaters vor mir und spüre meinen eigenen Zorn, meine eigene Ratlosigkeit, ohne dass mir einfällt, worüber wir redeten? Heißt das, es ging womöglich nicht um Vietnamkrieg, Imperialismus, Proletariat und Bourgeoisie oder die Uhrzeit, bis zu der ich zu Hause zu sein hatte? Nein sagen, ungehorsam sein, die Autoritäten vom Thron stürzen, darum ging es, das ist das eine Gebot der Zeit, das ich ernst nehme, nachdem die Zehn Gebote, die man mir ein paar Jahre früher beibrachte, ihre Geltung verloren. Du sollst Vater und Mutter ehren! Natürlich gehe ich nicht mehr beichten und weigere mich auch, sonntags in die Kirche zu gehen. Ich verehre meine Deutschlehrerin, die auf unserem katholischen Gymnasium unerschrocken Minirock trägt. Ich lerne Jungen aus anderen Schulen kennen, sogar aus Frankfurt. Ich streiche alle Möbel in meinem Zimmer rot. Ich verbringe viele Schulstunden rauchend im Café. Ich bin in einer Gruppe, die einen Schulstreik organisiert, verteile Flugblätter, sehe mich als Kämpferin gegen „Unterdrückung". Einmal werde ich ins Zimmer der Direktorin gebeten. Vielleicht ging es um die Forderungen, die wir gestellt hatten, vielleicht um mein ständiges Schwänzen, ich weiß es nicht mehr. Die Unterredung ist eine Mutprobe. Ich will den scharfen Blick der Direktorin, ihren mit knappen Worten in mildem Ton ausgesprochenen Tadel, ihre durchaus nachsichtige Ermahnung – sie hält große Stücke auf mich, ich spüre es – nicht einfach hinnehmen, will nicht brav den Raum verlassen, sondern aus der Szene etwas machen, was mich vor allen anderen heraushebt, mich glänzen lässt in der Welt. Deshalb lege ich mit wild klopfendem Herzen, noch während sie redet, meine Füße auf ihren Schreibtisch, und während sie nur kurz stutzt und mich dann kühl und freundlich bittet hinauszugehen, stelle ich mir, berauscht von meiner eigenen Dreistigkeit, das Staunen der anderen vor, die Bewunderung, die ich ernten werde, wenn ich meinen Freundinnen, den Jungen aus den anderen Schulen, den Leuten aus Frankfurt davon erzähle. Die Frage ist (die Frage, die sich mir heute stellt, wenn ich über mein Teenager-Ich nachdenke, meinem Teenager-Ich in den Keller jenes Jungen folge, mit meinem Teenager-Ich die Worte des Jungen ehrfürchtig in mich aufnehme und mich trotz Abneigung, trotz Widerwillen, trotz Ekel von ihm küssen lasse), die Frage lautet also, was dieser Protest, dieses demonstrative Neinsagen im Zimmer der Direktorin wert war, ob es überhaupt irgendetwas wert war, da es an meiner jugendlichen Verzweiflung, meiner Blindheit und Lebensmüdigkeit, meiner zerstörerischen Selbstverkennung und Selbstverleugnung nichts änderte. Meinem Nein fehlte das Ziel, es war noch nicht zu sich gekommen, ein Irrläufer, schwerelos, maßlos, wie aus einem anderen Mund gefallen, für einen anderen Mund gemacht. Hätte es größer sein müssen – so groß wie Deutschland? –, um wirksam zu sein, oder kleiner – so klein wie ich?

Ein Lokal mit großen Fenstern zum Bürgersteig, aus denen Geräusche dringen, Musik, Lachen, vielleicht ein Studentenlokal. Hier tritt Vera ein. Es ist nicht zu hell, nicht zu voll, doch voll genug, laut genug, dass sie hoffen kann, nicht bemerkt zu werden. Ein großer Raum, junge Leute am Flipper, ein Musikautomat. Hinten eine umlaufende Bank aus abgenutztem, dunklem Holz, Tische ohne Tischdecke. Durch eine halbhohe Schwingtür kommen Bedienungen, die sich mit ihren Tabletts durchs Gedränge schlängeln. Dort hinten setzt sie sich auf die Bank, in der Nähe der Schwingtür, setzt sich so, dass sie ihre Umgebung im Blick hat und ihr Gesicht im Schatten bleibt, damit sie möglichst niemandem auffällt. Hinter der Schwingtür die Küche, eine saubere deutsche Küche mit einer dicken Frau, die in einem Suppentopf herumrührt, und in einem Winkel dieser Küche ein Kind, vor einem Stuhl auf dem Boden kniend. Den Kopf tief gebeugt, den rechten Arm auf dem Sitz ausgestreckt, kritzelt der Junge etwas in ein Heft, ein Schulheft offenbar. Vera kann die Augen nicht von ihm wenden. Seine unübersehbare Müdigkeit, die unkonzentrierten Bewegungen, die ein geradezu verzweifeltes Bemühen erkennen lassen, wach zu bleiben, seine Verlorenheit und sein Stolz, sein völliges Fürsichbleiben im hektischen Hin und Her der Küche – muss er nicht das Bild eines anderen heraufbeschwören? Eines Jungen, *12 bis 14 Jahre alt*, namenlos (jedenfalls nennt sie seinen Namen nicht, als sie am nächsten Tag in Darmstadt von ihm berichtet), der, wie sie, dem Morden vorerst entkommen, in der zweiten Nacht ihrer Flucht über die sandigen Hänge des Erschießungsgeländes in einem Gebüsch, in dem sie Schutz fanden, für kurze Zeit an ihrer Seite war. Bis sie ihn schließlich auch verlor. Sie weiß seitdem, dass nur Kinder die Macht haben, Menschen, die schon auf die andere Seite, die Seite der Toten, hinübergewechselt waren, zurückzuholen in die Welt der Lebenden. Vielleicht ist die Nacht auf einmal wieder da, als jenes Kind sie rettete. *Er grub mit seinen kleinen Händen bis auf die feuchte Erde, drückte meinen Kopf in diese Erde, bis ich wieder zu Bewusstsein kam.* Vielleicht spürt sie wieder, wie die Feuchtigkeit ihr Gesicht benetzt. *Seine Tränen flossen über mein Gesicht.* Wie die Quelle sprudelt, das Wasser die Erde tränkt. Wie der alte Dnjepr von unten aufsteigt und ihren steinschweren, schmerzenden Körper berührt, anhebt und fortträgt und ihr *die Lust zum Leben* wiedergibt, wie vor Zeiten, als sie im Fluss zu baden pflegten, sie und ihre Schwester, schwerelos geworden, und sich hatten treiben lassen, stromabwärts, aus der Stadt hinaus, an den Buchten und Booten und tiefhängenden Weiden und hohen Pappeln und gelben Feldern und ratternden Traktoren vorbei, und die Sorgen fortgestoben waren wie schnatternde Gänse, und alles leicht gewesen war, voller Schönheit, Himmel und Licht.

Deshalb kann Vera nicht aufhören, jedes Mal, wenn die Schwingtür sich öffnet, in die Küche zu spähen, um einen Blick auf das Kind zu erhaschen. Deshalb hat sie ihren Mantel noch nicht ausgezogen und noch nichts bestellt, obwohl die Bedienung, eine junge Frau mit langen Haaren in einem Hippiekleid von heller Farbe, deren Gesicht, aus der Nähe betrachtet, hart wirkt, sie schon mehrmals dazu aufforderte. Deshalb streckt sie den Hals und blickt immer wieder zu ihm: weil sie den unbekannten deutschen Jungen innerlich mit einem anderen vertauscht. Weil sie sich wünscht, dass er ihren Blick auffängt und sie erkennt, vielleicht zu ihr kommt, vielleicht seinen müden Kopf in ihren Schoß legt, damit sie begreifen kann, dass sie nicht schuld ist an seinem Tod. (*Bleib liegen, Tante, lebe wohl!*, dann die Schüsse.) Weil sie so steinschwer und hungrig ist, 27 Jahre danach, und nicht mehr weiß, ob es richtig war, hierherzukommen, und merkt, dass ihre Kraft nachlässt, und vielleicht sogar daran zweifelt, dass ihre Kraft ausreichen wird, um morgen in Darmstadt auszusagen. Der kalte Stein in ihr, das

Nichtvergessenkönnen, schließt sie von den Menschen ab. Das alte, uralte Entsetzen, das nie verhallende Stakkato der Schüsse sprengt den Ort, jeden Ort. Die Dinge drohen ihren Zusammenhalt zu verlieren, sich aus ihrer Verankerung zu lösen. (War es so, als sie auf dem Baum lag, von Blättern bedeckt, und die Stimme des Kindes hörte, das um seinen Tod wusste? *Ich hörte dann 2 Schüsse und sonst nichts mehr.*) Chaotische Klänge, Farben, wirbelnde Masken, Finsternis und Kälte, ewige Gleichgültigkeit. *Ich blieb allein.* Kein Retter in Sicht, niemand, der stärkt und hilft. Nach dem Verlust des Kindes ist sie der einsamste Mensch der Welt.

Doch muss es so bleiben? Könnte nicht die Bedienung im Hippiekleid – sie ist die Mutter des Jungen in der Küche – mit der alten Frau in dem altmodischen Wintermantel, die dort hinten auf der Bank sitzt und ständig in die Küche starrt und nicht antwortet, wenn man sie nach ihren Wünschen fragt, Mitleid empfinden? Könnte ihr nicht – wenn man es nicht Mitleid nennen will – auf irgendeine geheimnisvolle Weise klar werden, dass diese alte Frau dringend etwas braucht, etwas Wärmendes, einen Teller Kartoffelsuppe zum Beispiel? Weshalb sie beschließt, ihr einfach einen Teller Kartoffelsuppe zu bringen (auch weil es das Gericht ist, das die meisten Gäste um diese Zeit haben wollen). Sie stellt also den Teller Kartoffelsuppe vor sie auf den Tisch, worauf Vera zuerst mit dunklen, blicklosen Augen zu ihr aufsieht, als wüsste sie nicht, wo sie ist und wer sie ist, um dann, während ihr angespanntes Gesicht allmählich weicher wird, überrascht und ungläubig zu lächeln und sich mit höflichen, wenn auch vielleicht inzwischen ungebräuchlich gewordenen Worten bei der jungen Frau zu bedanken. Mit diesem Teller Kartoffelsuppe ist die Verbindung zwischen ihnen geknüpft. Vera zieht endlich ihren Mantel aus und fängt an zu essen. Die Bedienung arbeitet vorerst weiter. Nimmt Bestellungen auf, holt Speisen aus der Küche – ruft oder flüstert dabei ihrem Sohn zu, dass es nicht mehr lange dauern werde, dass sie bald wieder zu Hause seien, er solle nur noch eine kleine Weile ausharren, dann sei sie wieder da, dann gingen sie heim, dann bringe sie ihn ins Bett, lese ihm etwas vor, bleibe an seinem Bett sitzen, bis er eingeschlafen ist –, nimmt, um ihr aufsteigendes Schuldbewusstsein zu dämpfen, ein paar Schluck Bier aus der Flasche und schlängelt sich, Tablett in Händen, in ihrem wehenden Kleid durchs Gedränge.

Das Bild des von Leonard Cohen besungenen Hippiemädchens, das allein in einer Hütte am Fluss lebt und über Zauberkräfte verfügt, steigt auch jetzt wieder in mir auf, während ich von Vera erzähle und mir vorstelle, was sie in der kurzen Zeit ihres Aufenthalts in Deutschland erlebte. *Suzanne takes your hand and she leads you to the river.* Etwas von ihr steckt in der jungen Frau, der Vera an diesem Abend in Frankfurt begegnet. Woher soll diese junge Frau wissen, wer Vera ist und wie es um sie steht? Sie ist ja mit sich selbst beschäftigt, wie ich, wie wir alle immer mit uns selbst beschäftigt sind und genug mit uns selbst zu tun haben, mehr als genug. Und doch gibt es diese Verbindung zwischen ihnen, die sich zunächst nur in einem Blick, einem Moment von Aufmerksamkeit, von Teilnahme oder Dankbarkeit zeigt, kaum wahrgenommen, schnell vorbei. (Verbindung? Kann es sein, dass Vera in diesem Land, zu dieser Zeit auf Menschen trifft, die, ohne sie zu kennen, ohne zu wissen, was hinter ihr liegt, mit ihr in Kontakt treten, sympathisieren, auf sie achten, sich um sie sorgen? Oder spreche ich in Wahrheit immer nur von mir selbst, meinem anhaltenden, durch nichts zu zerstreuenden Schuldgefühl?) Die Bedienung ist jung. Sie hat gelernt, dass die Welt ihr nichts schenkt und sie für sich selber sorgen muss, weil es sonst niemand tut. Sie hasst viel und oft, deshalb halten andere sie für stark, und tatsächlich hat sie manchmal das Gefühl, durch die Erbitterung, die sie in sich spürt, anderen überlegen zu sein. Sie ist einsam. Sie glaubt, die Menschen zu kennen, weil sie ihre Kleinlichkeit, ihre Rücksichtslosigkeit, ihre Niedertracht und Bosheit ein wenig zu spüren bekommen hat, sie weint, wenn sie an Vietnam denkt, an Biafra denkt, die Bilder der hungernden Kinder, die sie im Fernsehen sieht, lassen sie nicht los und oft grübelt sie darüber nach, warum die Welt so ungerecht ist. Sie ist auch unzufrieden mit ihrem Chef, dem Betreiber des Lokals, der sie dazu verdonnerte, an diesem Abend länger zu arbeiten, und mit ihrer Nachbarin, die sich aus nicht nachvollziehbaren Gründen geweigert hat, sich für die paar Stunden um den Jungen zu kümmern (weshalb sie ihn mitnehmen und in der Küche sich selbst überlassen musste), und mit der Klassenlehrerin ihres Sohnes, weil die ihm schlechte Noten gibt; und sie zürnt ihrem früheren Freund, weil er sich vor

Jahren aus dem Staub machte und sie hochschwanger sitzenließ. Das immer knappe Budget und die Unzufriedenheit haben ihr Gesicht streng und hart werden lassen. Die Gesichter ihrer Gäste hingegen sind eher glatt und gefällig, und das ist nicht der einzige Unterschied zwischen ihnen. Oft hört die Bedienung zwar, was diese Leute sagen, wenn sie vorn an den Tischen sitzen und gegen die Musik anschreien, aber sie versteht nicht, was sie meinen. Nur dass Ungeduld und der Wunsch nach Aufruhr hinter all ihren Reden stehen, das begreift sie. Sie hört, dass Vorlesungen gesprengt, Institute besetzt werden müssten, dass Professoren Büttel des Kapitals seien und nichts mehr zu melden hätten. (Fielen Namen? Hörte sie auch den Namen jenes berühmten Philosophen, des heimgekehrten Sohnes der Stadt, dem man endlich zeigen müsse, dass seine Wissenschaft tot ist?) Keiner dürfe mehr Angst davor haben, auf die Straße zu gehen, sich die Hände schmutzig zu machen. Die Zeit sei reif, man müsse die Theorie endlich in die Praxis überführen. Die Bedienung mag die Studenten, weil sie beim Trinkgeld großzügig sind, aber sie fürchtet sie, wenn sie auf diese Weise reden. Einmal wurde sie gefragt, ob sie bei einer „Aktion" mitmache, und ließ sich überreden. „Wir stürmen!", hörte sie. Da wurde aus dem kumpelhaften Zusammenstehen und Sich-einig-Fühlen im Handumdrehen etwas anderes, etwas Unheimliches, das ihr Angst einjagte. Ein ohrenbetäubendes Johlen und Schreien war plötzlich um sie herum, Steine flogen, Polizeisirenen heulten, etwas traf sie am Kopf. Irgendwie gelang es ihr, dem Tumult zu entkommen, die Beule schwand rasch, doch es dauerte Tage, bis sie den Schreck überwand. Seitdem vermeidet sie, sich mit ihren Gästen näher einzulassen, und beschränkt sich darauf, ihnen Bier und Suppe zu bringen. Ihre eigenen Vorstellungen von Erneuerung und Verbesserung der Verhältnisse gehen über die allgemeinsten Klischees nicht hinaus. In Momenten der Ruhe, wenn ihr Sohn schläft, wenn sie allein ist, raucht und Musik hört, träumt sie von Kalifornien, von love und peace, von einer Wohnung mit Badewanne und Balkon. Jetzt aber, gegen Ende dieses Abends, handelt sie und legt mit ihrem Handeln – das sie übrigens selbst nicht hätte erklären können, wenn man sie danach gefragt hätte – eine erstaunliche Weisheit an den Tag. Wie soll ich es nennen: Gespür? Intuition? Herz? Sie holt das müde Kind aus der Küche und legt es zu Vera auf die Bank.

Und da liegt es nun neben ihr, ihr anvertraut, als wäre es das Normalste auf der Welt, auf ein paar Kleidungsstücke gebettet, mit ihrem alten Kiewer Wintermantel zugedeckt, und schläft ein, schläft bald tief und fest, als gäbe es keine Soldaten hinter dem Gebüsch, die schon ihre Gewehre laden, die schon ihre Gewehre gehoben und angelegt haben, um es zu töten. Vera kann nicht aufhören, es zu betrachten. Mit ihrem Mantel scheint sie für eine kurze Weile eine Verkleidung abgelegt zu haben, ein Kostüm, das sie trägt, seit ihr in jenem dramatischen Moment vor 27 Jahren klar geworden war, dass sie eine andere werden muss, um sich zu retten. Ist es ihr gelungen? Gibt es ein Zaubermittel, das Geschehene ungültig werden zu lassen? Hier ist das Kind:

Es ist zu ihr zurückgekehrt. Es weint nicht. Es schläft neben ihr, als gäbe es die Hunde nicht, die Feuer, die Kommandos, als wäre die tödliche Gefahr außer Kraft gesetzt. Als könnte ihre Flucht glücken. *Auf der einen Seite war die Stelle, wo die Menschen sich ausziehen mussten, auf der anderen Seite war die Wache und wieder an einer anderen Seite lagen die Leichen.* Als könnte von nun an Frieden sein. *Die vierte Seite konnten wir nicht erreichen, weil die Morgendämmerung kam.* Als könnte sie sich, grau geworden, alt geworden, zurückverwandeln in jene Frau, die sie einmal war, in der Morgendämmerung ihres Lebens, fröhlich, verträglich, ja übermütig, ein Mädchen, das anfing, Stimmen nachzuahmen, um seine kleine Schwester zum Lachen zu bringen, das mit seinen Stimmen die Kinder im Puppentheater zum Lachen brachte, ein Mädchen, eine Frau wie andere Frauen, ein Mensch wie du und ich. Das Kind neben ihr schläft. Sie ist nicht allein. *Tante, hab keine Angst, ich bin auch am Leben geblieben, ich komme auch von dort.* Durch seine bloße Gegenwart scheint es ihr zu versichern, dass der Schrecken nicht ewig währt, dass ihre Angst nicht ewig währt, dass die Hoffnung der Erschossenen sich erfüllt hat und sie gerettet ist in einer neuen Zeit. *Tante, sei ruhig, es wird alles wieder gut, wir werden herauskommen und uns retten und du wirst meine zweite Mutter sein.*

Sie wagt nicht, den schlafenden Jungen zu berühren, aus Furcht, er könnte sich verflüchtigen wie eine Halluzination. Sie zieht es vor, einen kleinen Abstand zwischen ihm und sich selbst zu wahren. Doch immer wieder beugt sie sich ein wenig vor, um seinen Atemzügen zu lauschen und die Wärme zu spüren, die von dem kleinen weichen Körper aufsteigt, um ihm mit zitternden Lippen die Frage zu stellen, die nur er beantworten kann. Wenn sie die Augen schließt, spürt sie seinen Kopf in ihrem Schoß. *Seine Tränen flossen über mein Gesicht.* Ja, es ist zu ihr zurückgekommen, jenes Kind, dem sie ihre Wiederbelebung (oder ihre Wiederverdammnis, ihren Wiedereintritt in die Hölle des irdischen Daseins) durch Berührung mit der feuchten Erde verdankt, nachdem sie in dieser Nacht, der zweiten und schrecklichsten Nacht ihrer langen Flucht, ihr Versteck verlassen hatte, um auf allen vieren zum Rand der Schlucht zu kriechen, wo die Toten tanzten. *Du wirst am Leben bleiben!*, rufen sie ihr mit ihren körperlosen Stimmen zu. *Du wirst am Leben bleiben und wir kommen wieder zu dir und sind wieder zusammen.* Sie sieht sie vor sich, in der *Vision*, die ihr zuteil wurde – in der zweiten Nacht, die sie auf dem Erschießungsgelände verbringt –, nachdem sie von ihrem Versteck aus Szenen von unerträglicher Grausamkeit beobachtet und darüber das Bewusstsein verloren hatte. Im Gedränge der Geister, der Schatten, erblickt sie ihre Mutter, lachend, winkend, und ihre Schwester, *in einem langen Leichenhemd*, jung, geschmeidig, lustig hüpfend, die verrücktesten Schlängelbewegungen vollführend und Purzelbäume schlagend, in der Luft. Töchterchen! Schuldige! Verworfene! Sie will zu ihnen, will sich von ihnen locken und ziehen lassen, will mit ihnen lachen und mit ihnen über der Schlucht schweben, dem nie endenden Hall und Widerhall der Schüsse entkommen, dem grausigen Stöhnen der Sterbenden in der Grube, dem blutigen Dunst am Grund. Denn seit sie aus dem Haufen aufeinandergeschichteter Leichen hervorgekrochen ist, mit schmerzender Hand, mit brennenden Wunden, mit Atemnot, Blut Sand Erbrochenes im Mund, glaubt sie immer wieder, zu ihnen zu gehören, in jene Welt zu gehören, nicht in diese, unsere, und gerade das ist es vielleicht, was die junge Bedienung, das Hippiemädchen, an ihr wahrnimmt und was sie veranlasst hat, ihr kurzerhand das Kind anzuvertrauen, das nun bei ihr auf der Bank liegt: um ihr zu zeigen, dass die Lebenden das Vorrecht haben. Ja, Vera lebt, und sie muss ihre Stimme erheben, um den Lebenden die Wahrheit zu sagen. Denn die Zeit ist noch nicht gekommen, sich zu den Toten zu gesellen.

Wenn ich nach der Beschreibung dieser Szene gleichsam einen Schritt zurücktrete, wird mir klar, dass es bei Veras Besuch dieses Lokals noch einen weiteren Aspekt gibt. Könnte es nicht sein, dass sie diese junge Frau mit den früh verhärteten Zügen durchs Fenster gesehen hat und wegen ihr aus der Frühlingsnacht hereinschneite? Nicht um etwas von ihr zu erhalten, sondern um ihr etwas zu geben. Denn die junge Frau ruft das Bild einer anderen jungen Frau in ihr wach, die sie einmal kannte. Spürt Vera, dass diese Frau etwas sucht, dass sie Hilfe und Orientierung braucht und ängstlich ist, obwohl sie noch nie einen Schuss hörte und noch nie eine Leiche sah und nichts von den Geistern unbestatteter Toter weiß? Aber wie kann sie sie erreichen, im Lärm, im Trubel des nächtlichen Lokals, der sich kurz vor der

Schließung – Mitternacht ist längst vorbei – noch einmal steigert? Jetzt tanzt die junge Frau in ihrem langen Kleid vor Veras erstaunten Augen im Gedränge. Sie wiegt sich und biegt sich und vollführt die verrücktesten Schlängelbewegungen, wie schwerelos. *Du wirst am Leben bleiben!* Eine lockende, trügerische Gestalt. *Und wir sind wieder zusammen!* Und vielleicht ist Vera wieder versucht, die Hand auszustrecken, um die Tote zu berühren, die ihr einst näher gewesen ist als jeder andere Mensch. (Und vielleicht will sie aufstehen und auf sie zugehen und erkennt erneut, dass sie sie nicht treffen kann: denn *sie war ja nicht tatsächlich da*.) Mit der sie ihr Bett teilte (in der Küche, nah am Ofen) und die dünne Decke darauf. Der sie ihre Brotration schenkte. Die sie huckepack durch die Gassen ihres Viertels trug. Mit der sie sich verkleidete, Stimmen probierte, Rollen übte. Mit der sie Wege ausheckte, um an Mehl zu kommen, ein wenig Gemüse, vielleicht ein Ei zu ergattern für die Eltern, den kränklichen Vater, die hohlwangige Mutter. Mit der sie über das Plakat sprach, das überall auftauchte, und der sie die Hoffnung nicht nehmen wollte, dass sie evakuiert würden, irgendwohin, in eine andere Stadt, eine bessere Welt. Mit der sie sich in den Nächten vor dem angegebenen Termin, weil sie nicht schlafen konnten, im Flüsterton an den letzten Sommer erinnerte, den Sommer vor den Deutschen, vor dem Hunger, vor dem Krieg, als sie das sandige Ufer durchwatet und sich übermütig in den Strom gestürzt hatten, der sie weitertrug, weiter, weiter, vorbei an den gelben Feldern, den grünen Weiden und ratternden Traktoren, immer weiter, bis zum Schwarzen Meer. *Du wirst am Leben bleiben!*, wird ihr mit heller Mädchenstimme aus dem Schattenreich verkündet. Doch dann geht das Licht an, die Gäste sind fort, die Musik verklingt, und alles ist rau und kalt und wirklich. Die Bedienung schaltet die Automaten aus, zählt das Geld in der Kasse. Ein Mädchen oder eine junge Frau, die von Tee und Orangen lebt und den Sehnsüchtigen, den Verstoßenen, den Verlorenen den Weg zeigt zum Styx. Sie geht nach hinten, wo die seltsame Frau, die alte Frau, die fremde Frau mit dem Wintermantel, immer noch auf der Bank sitzt, aufrecht, unerschütterlich, und das schlafende Kind bewacht, und fühlt sich aufgehoben bei ihr, geborgen. Und so sehe ich sie (ein falscher Trost?), nebeneinander sitzend in dem dunklen leeren Lokal, eine gegen die andere gesunken, den Kopf an ihre Schulter gelegt, jung alt müde vertraut, wie Liebende, wie Schwestern, wie Leute am Ufer eines Flusses, Menschen, die für einen Moment nur Körper sind, Wind und Wasser anheimgegeben, Sonne und Erde, ohne ja oder nein sagen zu müssen, ohne Vergangenheit, ohne Schuld.

Ich bin nicht dieser Körper. Nicht diese Beine, die zu kurz sind und nach oben immer dicker werden, nicht diese furchtbar weichen Brüste, nicht diese Arme, nicht die blauen Adern unter der Haut, nicht die schwarzen Haare, die zwischen den Beinen und unter den Achseln wachsen, nicht dieses Gesicht, diese zu kleinen Augen, diese zu niedrige Stirn, diese zu kurze Oberlippe, diese schiefen, zu weit nach vorn stehenden Zähne. Ich bin hässlich. Wenn mich ein Junge anschaut, weiß ich: Er meint nicht mich. Wenn mich ein Junge berührt, ist mir klar: Er hätte lieber eine andere. Wenn mich ein Junge küsst, denke ich: Ich kann nicht lieben. Mein Körper soll still sein, aber er ist nicht still, er hat überall Augen und Ohren, Riech- und Tastorgane, er spürt überall andere Körper, die ihn anziehen, er schmerzt vor Sehnsucht, zerfließt vor Entzücken, krümmt sich vor Ekel, ist nie zufrieden. Seit wann ist dieser Selbsthass in mir, wer hat ihn mir beigebracht? Ich will nicht hier sein, ich will nicht sehen, was ich sehe, hören, was ich höre, fühlen, was ich fühle, ich will nirgends sein, anders sein, eine andere sein, aus der Haut fahren, in der Luft schweben, tot sein. Nur nicht dieser Körper sein, dieses weiße, weiche, blau geäderte Ding, das der Spiegel mir zeigt, rote Kerben vom Badeanzug auf den Beinen, Dehnungsstreifen an den Oberschenkeln, Sonnenbrand auf den Schultern, Knutschflecken, Blutflecken, Pickel, Schuppen, Schamhaare, Schleimhäute, wer rettet mich vor mir selbst? Der Junge, der sagt: „Ich liebe dich" (ein paar Jahre später wird er wegziehen, heiraten und mit seiner Frau zusammen eine Steuerkanzlei eröffnen), erwartet mich in seinem Keller. Warum gehe ich zu ihm? Ich will nicht mit ihm in diesem leeren Haus zusammen sein, in diesem kalten Keller mit den *Spiegel*- und *Kursbuch*-Stapeln, nicht mit ihm auf dem kalten Boden hocken, nicht seine Haut riechen, nicht seine Haare riechen, nicht seinen Schweiß riechen, nicht seine weiche Hand mit den langen, leicht nach oben gebogenen Fingern, den gerade geschnittenen Nägeln auf meinem Arm meinem Bauch meinem Oberschenkel spüren seine Haare im Gesicht seinen Speichel im Mund Zähne Atem – *nein!* Aber das Nein ist stumm. Immer wieder gehe ich zu ihm. Er braucht mich doch! Gehe im schönsten Frühlingssonnenschein in seinen Keller hinunter. Rede klug daher (Kapitalismus, Imperialismus, Proletariat, Bourgeoisie), während mein Körper dumm bleibt und friert. Glatt und nackt und eklig wie ein Regenwurm aus kalter Erde kommt die Lüge aus meinem Mund: „Ich liebe dich." Die größte Lüge, die es gibt. Warum verleugne ich mich, gehe immer wieder zu ihm und lasse mir seine Berührungen gefallen, obwohl sich alles in mir sträubt, obwohl ich nach jeder Begegnung mit ihm verzweifelter, kraftloser, sprachloser in mein einsames Zimmer zurückkehre? Es ist, als hätte ich mich schon lange aufgegeben, wäre nur noch ein Überbleibsel meiner selbst, kaum noch ich. So dass es schließlich nur noch eines kleinen Schrittes bedarf, um mich vollends zum Verschwinden zu bringen. Ich gehe also an diesem sonnigen Frühlingsnachmittag nicht zu ihm, sondern ins Bad, schütte mir die Tabletten meines Vaters in den Mund, gehe in mein Zimmer und erwarte die Erlösung: ewige Fühllosigkeit. Eine kleine, traurige Geschichte mit gutem Ausgang (denn man findet mich und pumpt mir den Magen aus). Eine Geschichte, die 23 oder 24 Jahre nach Kriegsende spielt, in einem Land, in dem niemand mehr vom Krieg spricht. Eine Geschichte, die von Selbstverleugnung handelt, ein Teenagerdrama, trivial, beinahe lächerlich angesichts der Geschehnisse, von denen Veras Geschichte handelt, und doch könnte man, wenn man heute den Blick darauf richtet, gewisse Verbindungen erkennen, gewisse Übereinstimmungen, gewisse Muster. Lernte man Selbstverleugnung damals nicht überall? War

Selbstverleugnung nicht das einzige, jedenfalls das vorherrschende Mittel im Umgang mit den unheimlichen Nachklängen, den Ahnungen und Anmutungen, die wie zäher Nebel aus Ritzen und Winkeln immer wieder aus jener anderen Zeit in die gegenwärtige einsickerten, um sie zu verpesten, zu verbittern, zu vergiften? Nur nicht zurückdenken an das, was war. Nur diesen Körper nicht auferstehen lassen, der man selbst war, diesen ängstlichen, gehorsamen, feigen, bösen Körper, nur nicht sehen, was man gesehen hat, hören, was man gehört hat, fühlen, was man fühlt. Lieber anders sein, neu und stark und besser sein, lieber nirgends wohnen als hier, in den Trümmern der Macht, in Schutt und Geröll der Niederlage, hier, wo der Schrecken haust, das Grauen aufersteht, die Schuld Zeit und Namen erhält. Nur so, scheint es, nur durch Lügen und Verleugnen, kann man leben, die Vergangenheit von sich wegrücken, die verworrenen Szenen vergessen, die in den Träumen zum Vorschein kommen. Aber die Kinder spüren das Unbehagen. Die Töchter und Söhne spüren die Fehlstellen, die Abgründe, die sich mitten in den erstaunlich sauberen Städten, den erstaunlich geschmackvollen Wohnungen, den Einfamilienhäusern am Stadtrand, den Wohnzimmern und Schlafzimmern und Hobbykellern plötzlich auftun. Sie stochern im Nebel, missachten Grenzen, verirren sich. Wenn sie älter werden, schreien sie: „Nein!“, ohne zu wissen, was sie eigentlich meinen, aber eins wissen sie: dass die üblichen Antworten (es waren andere, wir waren zu jung, wir waren anderswo, wir haben nichts gewusst) nicht die richtigen sind, dass sie sich damit nicht länger abspeisen lassen dürfen. Sie sind allein. Sie haben Angst. Doch orientierungslos, unbesonnen, zweifelnd hören sie nicht auf zu fragen: Wo bin ich? Was ist hier los? Wer bin ich, wer sind wir?

Etwas steht Vera auf dem Rückweg zum Hotel noch bevor, etwas habe ich noch für sie vorgesehen und kann es ihr nicht ersparen. Ich weiß nicht, ob sich das Hotel in Mainnähe befindet oder ob sie einfach den Wunsch verspürt, den Fluss zu sehen, bevor sie schlafen geht. Vielleicht hat sie das glitzernde Band vom Flugzeug aus gesehen, vielleicht dämpfte es ihre Nervosität ein wenig, als sie sah, dass Frankfurt, wie Kiew, an einem großen Fluss liegt. Vielleicht glaubt sie, es falle ihr leichter, in diesem Land vor Gericht ihre Aussage zu machen, wenn sie den Fluss einmal aus der Nähe gesehen hat, an seinem Ufer gestanden und das Wasser strömen und rauschen gehört hat, wie sie es zu Hause, in den schönen Sommern (gab es danach noch schöne Sommer, waren es nicht nur Sommer, in denen sie das Fehlen ihrer Schwester umso stärker empfand?), so oft strömen und rauschen hört. Denn nur deshalb ist sie gekommen, das rückt in diesem Moment wieder in den Mittelpunkt ihrer Aufmerksamkeit: um diese Aussage zu machen: in Darmstadt, vor Gericht. Es scheint wenig zu sein, aber es ist sehr viel. Es sind Worte, um die Weltordnung zu erschüttern, die die Deutschen in Kiew etablierten. Worte, um die Zeitlosigkeit aufzuheben, die die Taten dieser Männer von ihrer Verantwortung trennen. Zahlen, Namen, Wirklichkeit. Dafür lebt der schwache Körper, der unter dem Leichenberg hervorgekrochen ist, lebt die schwache Stimme, die einen hohen, festen, unerschrockenen Ton angenommen hat (wie ich sie auf Youtube hörte). Mit diesem Auftrag ist sie aus jener Welt zurückgekehrt in diese, unsere: damit wir hören, was wir nicht hören wollen, nicht ertragen können, nur um den Preis des Zusammenbrechens all unserer Einbildungen und Lügen und Versprechungen in unserer Schneekugel ertragen können. Alles andere ist Nebensache, sagte sich Vera (*meine* Vera), als sie in Kiew das Flugzeug bestieg. Doch jetzt, als sie, nach dem Szenario, das ich mir ausgedacht habe, zu später Stunde und von der schönen Suppe und der Wärme eines schlafenden Kindes gestärkt, in der Aprilnacht das Lokal verlässt, um sich zurückzubegeben zu ihrem Hotel, glimmt unerwartet ein wenig Übermut in ihr auf, ein wenig von der Lebenslust, die sie einst besessen hat. Weshalb sie kurzerhand beschließt, einen kleinen Umweg zum Mainufer zu machen: um den Fluss aus der Nähe zu sehen und sich an seinem Rauschen und Strömen zu freuen. Dort aber sitzt ein Mann, der gefährlich werden könnte. Ein Landstreicher. Erkennt er sie? Ich weiß es nicht. Ich muss vorsichtig formulieren. Vielleicht eher: Es hätte nicht viel gefehlt, und er hätte sie erkannt.

Er sitzt auf einer Bank unweit einer schlecht beleuchteten Unterführung oder Brücke. Der Rucksack ist am Ende der Bank platziert, beim Schlafen legt er seinen Kopf darauf. Diesen Rucksack mit ein paar Habseligkeiten und einem Brief seiner verstorbenen Mutter hat er schon durch halb

Europa geschleppt, vom ersten Internierungslager an, in das er gekommen war, bis in das letzte, in Darmstadt (einem kurzzeitig bestehenden Lager für SS-Angehörige am Rand der Innenstadt), wo er sich auskennt, denn er ist in dieser Gegend groß geworden. Den Rucksack hatte er dabei, als er entlassen wurde und auf Baustellen und Schrottplätzen Arbeit suchte. Den Rucksack schulterte er, als er vom Arbeiten genug hatte und sich von Leuten, die vergessen hatten, wie es einmal war, warum man gelebt und geschuftet und seine Jugend geopfert hatte, nichts mehr befehlen lassen wollte. Auch als er ins Gefängnis kam, begleitete ihn sein Rucksack, und ins Gefängnis kam er immer wieder, weil es etwas Seltsames in ihm gab – oder vielmehr etwas, was ganz leicht zu verstehen ist, wenn man die Sache von seinem Standpunkt aus betrachtet: dass er sich nämlich nicht gern beleidigen und heruntermachen ließ und sich wehrte, wenn es nötig war, damit die anderen kapierten, dass er sich ihre Frechheiten nicht gefallen ließ. Das soll ein Verbrechen sein? Warum heißt es heute Verbrechen, wenn man gestern dafür gelobt worden ist? Man muss dem eigenen Stern folgen. Man darf nicht dumm sein, Junge, hatte er gehört, wenn er nach einer Tracht Prügel der Mutter wieder einmal heulend ins Wohnzimmer lief, wo der Vater unter der geblümten Decke lag, das abgeschnallte Holzbein am Sofa lehnend, man darf nicht dumm sein, und Deutschland darf den Terror der anderen nicht länger dulden, Deutschland darf nicht länger leiden.

So stelle ich es mir vor. So reime ich es mir zusammen. Ich suche nach Verbindungen in einer Geschichte, die, von heute aus betrachtet, einzigartig und abgeschlossen erscheint. Ich suche nach Verbindungen, indem ich mich auf mich selbst konzentriere. Denn was weiß ich schon? Ich habe nur mich selbst, meine eigenen Erfahrungen. Sie sind der Stock, mit dem ich im Nebel stochere. Sie sind auf mich beschränkt – und doch vergleichbar. Wie wäre Verständnis sonst möglich? Oder gibt es in Wahrheit kein Verständnis, keine Verbindung, keinen Zusammenhang? Dann wäre das Blutvergießen umsonst gewesen. Dann wäre Veras Leiden, jedes menschliche Leiden umsonst. Um mich also der Sinnlosigkeit zu widersetzen, die noch schlimmer wäre als das Blutvergießen, noch schlimmer als die Schüsse, die Feuer, die Leichenberge am Rand von Kiew, suche ich nach Verbindungen, verkette Fäden, webe meinen Stoff. Ich frage mich, wie die kleine Geschichte mit der großen zusammenhängt, welche Fäden mein Leben, mein gesichertes und behütetes Aufwachsen im prosperierenden Nachkriegsdarmstadt mit Veras Leben verknüpfen. Was ich mit den Mördern zu tun habe, die inzwischen wieder zu gewöhnlichen Männern geworden waren und unbehelligt unter uns lebten, in unseren überraschend sauberen, überraschend wohlhabenden, überraschend zivilisierten Städten. Ich stelle mir also an dieser Stelle meinen Großvater vor, dem bei Verdun ein Bein abgeschossen worden war. Doch das Wort Verdun kam ihm nie über die Lippen, nie erfuhr irgendjemand etwas über das, was er dort erlebt hatte. Zeit seines Lebens blieb er stumm, saß, wenn ich als Kind zu Besuch kam, weißhaarig, hager, steif und stumm in seinem Sessel am Fenster und starrte auf den Fluss, den Neckar, das Holzbein neben sich. Weckte er, gerade wegen seiner Unzugänglichkeit, seines Schweigens, meine Neugier? Spürte ich etwas von der Gewalt, die er erfahren hatte, die ihm das Leben bitter machte, den Mund versiegelte? Mein Großvater war ein gewöhnlicher Mann, kein Fanatiker, kein Mörder, kein Teufel, und doch, wie leicht fällt es, sich vorzustellen, er hätte nicht das Gute gewählt, wäre von jenem unaussprechlichen, tief in ihm begrabenen Ort nie zurückgekehrt, hätte die Seinen am Neckar in Wahrheit nie mehr erreicht. Ein kleiner Umstand, eine winzige Modifikation, ein Zufall im Lebenslauf, und alles wäre anders gewesen. Das Bekannte unbekannt, das Vertraute fremd. Ich selbst nicht hier aufwachsend, sondern dort, nicht zu diesen gehörend, sondern zu jenen. Den Dortgebliebenen. Den Verirrten. Den Verschwiegenen. Ihnen so nah, dass ich sie atmen höre. So nah, dass die Gegensätze ineinanderzufallen drohen, die so sicher scheinenden Grenzen sich auflösen. Wo fängt das Gute an im Meer des Bösen? Wer ist, in Veras Spiegel, ohne Schuld?

Ich stelle mir also vor, dass dem Vater des Landstreichers am Mainufer – des Mannes also, der Vera in dieser Nacht noch einmal gefährlich nahe kommen wird – im vorletzten Krieg ein Bein abgeschossen wurde wie meinem Großvater. Dass nicht darüber gesprochen wurde, wo und wie das passierte, nur darüber, dass Deutschland in Versailles gedemütigt worden sei. Dass dieser Vater abends ein Holzbein mit Socke und Schuh an seinen Stumpf schnallte und am Stock die Straße hinunterhinkte zum Kiosk, wo noch andere standen und laut redeten und Schnaps tranken, auch wenn es kalt war, auch wenn es regnete, und auf die Wohlanständigen pfiffen, die sich über sie beschwerten. Auf die Polizisten pfiffen, die gelegentlich vorbeikamen (und gleich wieder abzogen). Irgendwann ging er dann nicht mehr vor die Tür. Legte sich aufs Sofa, zog die Decke über sich, das Holzbein abgeschnallt daneben. Einen halben Eimer Wasser schüttete ihm die Mutter ins Gesicht, steh auf, du Krüppel!, weil ein Brief vom Amt gekommen war, und noch ein Brief und noch einer, aber er stand nicht auf. Man darf nicht dumm sein. Was er damit meinte, begriff sein Sohn lange nicht – so lange, wie er sich von seinem großen Bruder das Gesicht in die Waschschüssel tunken ließ, bis er keine Luft mehr bekam, und sich von der Mutter verprügeln ließ, bis er es feucht an den Beinen spürte, und bettelte und wimmerte wie ein Waschlappen. Wie oft ist er danach zum Vater gelaufen, hat sich vor das Sofa gekniet, das nach Zigarre stank, bis der Vater endlich aufwachte und mit schwerer Zunge etwas sagte und seine Hand nahm und unter die Decke zog und die Hand auf seinen weichen, verschrumpelten Stumpf legte, bis er glatt und hart wurde und in die Höhe stand und sie Verschworene waren, Vater und Sohn. Der Vater belohnte ihn mit Geld. Manchmal ließ er ihn Schnaps trinken. Manchmal schickte er ihn an Orte, wo man Dinge versetzen konnte, oder zu einem seiner Kameraden, um zu erfahren, ob man etwas plane. Bei alldem ging dem Sohn nun langsam auf, was es heißt, nicht dumm zu sein. Es heißt, auf der richtigen Seite zu stehen. Nicht zu denen zu gehören, die am Kiosk herumlungern und saufen und Briefe vom Amt bekommen. Nicht zu denen, denen man Befehle gibt und Beine abschießt. Sondern zu den anderen. Es heißt, stark zu sein. Sich zu nehmen, was man haben will. Er wollte zeigen, dass er es konnte, beweisen, was in ihm steckt. So entwickelte er erstaunliche Fähigkeiten: vor allem die Fähigkeit, Menschen nach ihren Schwächen einzuteilen und ihre Schwächen auszunutzen, und wurde schon lange von niemandem mehr verprügelt.

Das wäre der erste Teil der Geschichte, die ich erfunden habe, um den Landstreicher am Mainufer etwas deutlicher hervortreten zu lassen. Jetzt der zweite: Als er mit seiner ersten Uniform nach Hause kam, erntete er glänzende Blicke. Er kam allerdings nicht mehr oft nach Hause. Seine „Arbeit" – er benutzte gern dieses Wort, weil es am besten ausdrückte, dass seine Tätigkeit kein Zuckerschlecken war – führte ihn weit weg, in den Osten, wo es viel zu tun gab und er beweisen konnte, was in ihm steckt. Es gab gute Verpflegung, warme Mahlzeiten und abends Schnaps. Aber er trank keinen Schnaps. Er war der Einzige, der keinen Schnaps trank! (Das kriegen die Leute auf dem Amt zu hören, die nicht aufhören, ihn mit ihren Anzeigen Bescheiden Verweisen zu traktieren.) Er trank nur Kaffee und sorgte dafür, dass es immer heißen Kaffee gab, dort, wo sie arbeiteten. Ein Feuer brennt, da kocht man den Kaffee für die, die die Arbeit verrichten. Es brennt den ganzen Tag auf dem sandigen Hügel, es lodert, es flackert, es flammt, vom Morgengrauen bis zum Abendrot. Und er arbeitet. Endlich ist die Wohlanständigkeit passé. Endlich darf er tun, was er will, was ihn von den Fesseln seiner Schwäche und dem ewigen Gefühl, zu kurz zu kommen, befreit. Er wäscht sich, rasiert sich, arbeitet. Sinkt nach getaner Arbeit, nach der stundenlangen Anstrengung in einen guten, tiefen Schlaf – den Schlaf der Sieger. Und bleibt immer der Junge in der Uniform, deren Stoff der Vater bewundernd befühlt, mit seiner weißen dünnen Hand, den langen gelben Nägeln, und die Mutter schreibt lange Briefe, schreibt, dass er seine Jugend opfert, und schickt Fäustlinge für den Winter. Es ist keine leichte Arbeit. All diese Gesichter, Blicke, Stimmen, dieses unablässige Geflenne Geschrei Gebrüll, und dann die Stummheit, wenn sie an die Kante treten, weil sie endlich anerkennen müssen, dass sie verloren haben. Diese Stummheit, als wäre ihnen das Leben plötzlich nichts mehr wert. Oder als gäbe es noch etwas anderes, etwas, was sie vor ihm verbergen, störrisch, verstockt vor ihm geheim halten – gerade das weckt immer wieder sein Temperament. Seine Leidenschaft. Weil sie nicht das Recht haben, irgendetwas vor ihm geheim zu halten, Fleisch, das sie sind, leicht zerstörbarer Stoff, der sie sind, Materie, sonst nichts, totes Gebein, Schichten welker Herbstblätter, in die man einsinkt, schon halb vermodert, verwest, bevor man sie zu Asche macht, damit nichts von ihnen übrig bleibt. Denn dass sie nicht mehr schreien können, nicht mehr stöhnen können, nicht mehr wimmern können, genügt nicht. Sie müssen fort, vergehen, verschwinden, verschwunden sein bis zum Ende der Welt.

Blieb etwas übrig? Ein Gesicht, ein Blick, ein Aschestreifen, ein Widerhall? Im Rausch, im Traum? Die Stummheit, vielleicht. Auf den Märschen, in den Kasernen, auf dem kalten Boden, in den Internierungslagern, den Gefängniszellen, nach all dem Lärm. Die Stummheit. Sie hängt in der Luft, nimmt ihm die Sicht, dringt in ihn ein wie Nebel, macht ihn schwerfällig, schwerhörig, dumm. Alle dachten, es sei der Schnaps, der ihn so werden ließ, aber er wusste, dass das nicht stimmt (obwohl er zugeben muss, dass er inzwischen gelegentlich ein wenig trinkt, und obwohl ihm in lichten Momenten auch klar ist, dass es schon angefangen hat, bevor er in die zerbombte Vaterstadt zurückkehrte). Hinter dem, was aus ihm geworden ist, seiner immer noch hochgewachsenen, breitschultrigen, doch nun meist schwankenden, gebrechlich wirkenden, mit stinkenden Fetzen behängten Gestalt, war er schließlich noch ganz er selbst. Sein Gesicht, sein Blick: scharf, schnell, um Dinge zu taxieren, die sich ausnutzen ließen, Menschen, die etwas zu verbergen hatten: damit verrät er sich, auch wenn Vera hier länger braucht (viel zu lang), um die Gefahr zu erkennen. Er aber ist gleich auf Vera aufmerksam geworden, als sie in seine Nähe kam, weil sie ein wenig am Fluss spazieren gehen wollte, bevor sie zurückkehrt ins Hotel. Etwas an ihr zeigt ihm – obwohl es nun schon längst dunkel ist und ihre Gestalt nur von einer trüben Lampe beleuchtet wird, während er selbst unsichtbar bleibt, mit der Bank dem Rucksack der Schnapsflasche verschwimmt –, dass sie nicht hierhergehört. Nicht in diese Stadt, nicht zu ihm, zu uns. Vielleicht der Mantel, der etwas zu lang oder zu weit ist, oder die Schuhe oder ihre Frisur oder etwas anderes, was sie von den anderen Spaziergängern unterscheidet, die zu dieser Zeit in dieser frühlingshaft lauen Nacht eventuell noch unterwegs sind. Etwas an ihr weckt ein altes Gefühl in ihm. Das gute Gefühl der Macht, das warme, stärkende Gefühl der eigenen Größe, das man braucht, um Regeln zu brechen, Grenzen zu sprengen, ja, weg mit den ewigen Beschränkungen, der Wohlanständigkeit, der Spießermoral! Etwas an ihr lockt die alte Wut in ihm hervor. Wut auf das Unzerbrechliche. Wut auf das, was sie geheim hielten, wenn sie an die Kante traten und der Abgrund sich vor ihnen öffnete, ihre bleichen Gesichter, ihre Augen, ihre Verschlossenheit, Verstocktheit, Stummheit. Wegen dieser Stummheit muss er laut sein. Laut lacht er ihr ins Gesicht, laut zeigt er ihr, dass er der Herr ist und zu befehlen hat, auch wenn er ihr Gesicht vielleicht nur eine Sekunde lang im trüben Schein der Lampe wahrnimmt, während sie, von der Brücke kommend, an der Bank vorbei zum Main geht. Hört sie sein Lachen? Hört sie die Worte des lachenden Soldaten, der ihr damals entgegenkam, seine Aufforderung, die ihr mit einem Schlag klarmachte, was bevorstand? *Wenn du am Leben bleiben willst, schläfst du mit mir.* Hört sie wieder das Geschrei und Gebrüll in ihrem Rücken, Kommandos, Schüsse, hört sie, was ich nicht höre, was niemand hören will, das Ungeglaubte, das Unerhörte?

Vielleicht täuscht sie sich (täusche ich mich). Der deutsche Soldat hat ja längst seine Zähne verloren oder er liegt schon im Grab, und seine Stimme ist nur noch die schwache Spur, die in Veras Gedächtnis von ihm übrigblieb. Vielleicht vernimmt sie in Wahrheit nur das Geräusch des Flusses, der mit seinen kaum merkbaren Wellen an das steinerne Ufer schlägt und damit ihre Seele rührt. Sie hat sich gewünscht, hier zu sein, und ist doch überrascht von diesem leisen, vertrauten Geräusch, in Frankfurt, im Land der Autos, der Zähne, der Maschinengewehre. Er selbst, der Uralte mit seinem triefenden Bart (so ist er dargestellt worden, so sah ich es auf alten Monumenten), scheint sie gerufen zu haben, der Barmherzige, der Heiler, dem sie ihre Krankheit beichtet, der die Macht hat, sie aufzuheben, aufzunehmen, dem Stein, den sie mit sich herumschleppt, das untragbare Gewicht zu nehmen. Er selbst, der Fluss, wartet auf sie mit seiner wogenden Großmut, seiner rauschenden Tiefe, wie damals, als sie an heißen Tagen zu baden pflegten, sie und ihre Schwester, und schwerelos wurden und sich treiben ließen, stromabwärts, aus der Stadt hinaus, an den Häfen und Schleusen und Weiden entlang, die jetzt, Ende April, mit langen hellgrünen Zweigen das Wasser streifen, das Wasser des Mains: ein schwarzer Spiegel, in dem sie ihren versehrten Körper, ihr zersplittertes, aus irrlichternden Funken bestehendes Gesicht erkennt. Vielleicht ist die Lockung nie stärker gewesen, sich zu retten, als in diesem Moment, als ihr, das betrunkene Lachen, das anzügliche Gestammel des Landstreichers im Ohr, die Gefahr bewusst wird, in der sie schwebt, immer schweben wird, solange sie lebt. *Ich saß wie versteinert da, mit*

Schwere erfüllt wegen allem, was sich abgespielt hatte. Vielleicht ist die Sehnsucht nach unaufhebbarer Erstarrung nie stärker gewesen: sich am Ufer einen Stein suchen und ihn sich an den Leib binden. Blind sein. Nie mehr etwas fühlen. Nicht einmal mehr die Luft spüren. Nie mehr leicht werden. Endlich hinabsinken auf den Grund des Styx, der das Nichtvergessenkönnen heilt. Warum sie dieser Versuchung schließlich widersteht, wer kann das wissen? Vielleicht ist gerade jetzt das Andere lauter – oder, wenn nicht lauter, so doch ihren empfindlichen Ohren deutlicher vernehmbar: jene Stimme, die nicht aus der Ferne, sondern aus der Tiefe zu ihr dringt, die Stimme der Ermutigung, der sie sich seit jenem Moment, als alles verlorenging, anvertraute, wie sich das Kind der Mutter anvertraut, wie sich die Entgeisterten und Zerrissenen und Verstörten dem Unzerstörbaren anvertrauen: *Rette dich, Töchterchen!* Hab keine Angst! Lebe! Ich weiß es nicht. Was weiß ich schon? Ich stelle mir vor, dass sie kehrtmacht, nachdem sie sich eine Weile dort unten, am Ufer des Mains, aufgehalten hat und ihren Gedanken nachhing, und sich darauf besinnt, was ihr am nächsten Tag bevorsteht. Weshalb sie gekommen ist. Was ihre Aufgabe ist in diesem kostbaren, geretteten Leben. Was zu tun noch übrig ist, nachdem sie in den Sekunden Minuten Stunden Tagen, die der ersten, plötzlich eintretenden Klarheit folgten, ihren Mut anspannte bis zur letzten Verzweiflung, bis zum unaushaltbaren Schrecken. Was sie sich vorgenommen hat und wozu sie nun noch einmal ihre ganze Kraft einsetzen will. Ja, sie ist bereit, in diesem Land ihre Aussage zu machen: zu bezeugen, was geschehen ist. Von Neuem bereit, wie sie es war, als sie sich, in einer anderen, Monate zurückliegenden Nacht im Bad ihrer Einzimmerwohnung in Kiew, dazu entschloss, der Einladung des Generalstaatsanwalts zu folgen und nach Deutschland zu kommen. Da war sie aus dem Schlaf geschreckt, wie so oft, und ins Bad gegangen, um sich durch einen Blick in den Spiegel zu beruhigen, sich selbst anblickend zu sagen: Du bist hier, du bist am Leben. Du bist Vera, die Wahre. Das half vielleicht manchmal, gegen die Gespenster. Es half, den Mut wiederzufinden, der ihr gerade nachts, im Traum, abhandenkam. Diesen ihr eigenen besonderen, beispiellosen Mut, der die ganze Welt in Erstaunen versetzt. Und jetzt ist sie hier, bei uns, in Frankfurt (und ich sehe sie, nicht ganz von dieser Welt und doch wirklich), und festigt ihren Entschluss. Es ist höchste Zeit. Es bleiben ihr nur noch ein paar Stunden zum Ausruhen, bevor der Morgen graut.

Da tritt ihr der Landstreicher in den Weg. Die ganze Zeit, während sie am Mainufer stand, hat er sie nicht aus den Augen gelassen. Die böse Aufregung in ihm ist immer stärker geworden, dieses Vorgefühl eines Kampfes, bei dem er zeigen muss, dass er den Vorrang hat und der Überlegene ist und Geheimnisse nicht duldet, und jetzt tritt er halb aus dem Schatten und steht schwankend im trüben Lampenlicht, so dass sie nicht umhin kann, ihn zu erkennen. Graue Uniform, blond, mit starken Zähnen, der Hals braungebrannt. Aber etwas ist anders. Der Fluss ruft es ihr in Erinnerung, der Wogende, der Uralte, der Heiler. Sie ist nicht dort, sondern hier. *Mein Selbsterhaltungstrieb sagte mir, dass ich etwas unternehmen müsse.* Jetzt. So tritt sie ihm entgegen, verscheucht ihn mit ein paar kräftigen Worten, in denen ihre ganze Entschlossenheit und Unerschrockenheit liegt. Nein! Das Leben könnt ihr doch nicht kaputtmachen. Nein! Und das Maschinengewehr wird zur Schnapsflasche. Nein! Und der starke Mann wird schwach und die schwache Frau zertritt ihn unter ihrem Fuß wie die Jungfrau den Wurm. Und während ich jetzt aufatmend ihren Rückweg verfolge, wird mir klar, dass Vera von Leuten wie dem Landstreicher nicht aufgehalten werden kann. Sind Leute wie der Landstreicher nicht immer schon halb tot in ihrer Feigheit, ihrer Niedertracht, ihrer Lebensangst? Vera aber kann nicht sterben. (Weil wir ihre Stimme auf Youtube hören? Ihre Aussage lesen? Ihr Bild betrachten?) Überall würden wir sie erkennen. Auch wenn sie eine andere geworden wäre. Auch wenn sie schon zu sehr gelebt hätte und der Erde überdrüssig geworden wäre. Ja, auch wenn sie die irdische Zeit mit ihren Schrecken längst abgestreift hätte wie ein lästiges Kleidungsstück, auf dem Weg zur Schlucht, würde ich sie erkennen, auf dem Weg nach Darmstadt, zum Gericht – doch vorerst zurück zum Hotel.

Der Nachtportier liegt mit den Armen auf dem Tresen und schläft. Oder vielmehr, er döst nur und hat schon lange, bevor Vera durch die Tür tritt, die leichten Schritte in der stillen Nacht gehört und weiß, halb träumend, dass es ihre Schritte sind, die Schritte dieser seltsamen Frau im abgetragenen blauen oder braunen Wintermantel, nicht ganz von dieser Welt und doch unbezweifelbar ihr zugehörig, wie er selbst. Als sie vor ihm steht, ist er sofort hellwach. Er hat ja auf sie gewartet! Vielleicht schon viel länger auf sie gewartet, vielleicht schon seit der Zeit, als ihm bewusst wurde, dass er nicht zurückkehren würde zu den Seinen. Dass er allein ist mit den geheimnisvollen Dingen, die ihm zuteil wurden, als er zwischen Tod und Leben schwebte, allein mit seinem schwachen, verwachsenen Leib. Wie kam es, dass ihn seine Nachbarn, seine Chefin und sogar die Leute aus dem Filmclub mit einer gewissen Scheu betrachteten und Gesprächen mit ihm aus dem Weg gingen? Als wäre er ein alter Mann und wüsste Dinge, für die sie selbst durch die Reibungslosigkeit, mit der ihr Dasein sich bewältigen ließ, nicht mehr empfänglich waren. Seltsame, dunkle, unangenehme Dinge, an die man besser nicht rührte, um nicht ins Stolpern ins Stocken zu geraten beim Reden, beim Denken und sonst auch. Die ganze Zeit hat er sich gefragt, was ihm da jetzt passiert, was er antworten soll, wenn sie ihn fragt, diese Ausländerin im Wintermantel, die plötzlich vor ihm stand und der Reiterin in jenem Film so ähnlich sieht. Eine Kundschafterin, auferstanden von den Toten? Ein Schattenwesen, Luftwesen, Himmelswesen? Jedenfalls jemand, der die Grenze zwischen den Sphären, den Welten durchbrochen hat, überflogen hat, den Wintermantel um sich gebreitet wie Flügel. Da ist sie: die Frau, die ihn endlich verstehen wird. Klein, mit leichtem Schritt und leiser Stimme. Müde, auf einmal, todmüde, nach der unerwarteten Konfrontation mit dem Landstreicher, seinen weißen Zähnen, seinem braungebrannten Hals, am

Mainufer, die sie ihre letzte Kraft gekostet hat. So müde, dass sie sich an den Tresen lehnen muss, um nicht den Halt zu verlieren. So müde, dass sie einen Moment lang vergisst, warum sie hier ist. Ihr Blick trifft ihn. Geduldig wartet sie auf den Schlüssel. Wartet auf die Antwort, die er zu geben hat, wie sie auf die Antwort des armen, zerlumpten, von den Seinen verlassenen, hilflos herumtappenden Blinden gewartet hat, dem sie im panischen Gewimmel am Fuß der Schlucht begegnet war, an dem Tag, als sie zu Tausenden Zehntausenden auszogen aus der Stadt Kiew und das große Morden begann. *Großväterchen, wo gehen wir hin?*

Die Antwort, die er ihr gibt, ist die Antwort des Blinden: jenes Propheten, von dem Vera, 27 Jahre später, in Darmstadt vor Gericht erzählt und dessen Worte mich, als ich über 50 Jahre später ihre Aussage lese, erschüttern. Die Worte eines elenden und zerlumpten Propheten, eines Ghettobewohners und Verfolgten, eines alten Mannes, der mit fester Stimme das bevorstehende Unheil verkündet. Die Körper der Menschen um ihn herum bilden zwischen den steilen sandigen Ufern einen Strom, einen reißenden Strom, der durch die Welt fließt. Er aber, der Blinde, steht still. Er ruft nicht mehr, fleht nicht mehr, klagt nicht mehr. Steht da, auf seinen Stock gestützt, und hält der Erkenntnis stand. *Kind, hast du noch nicht begriffen? Wir gehen jetzt, um Gott unsere Schuld abzubezahlen.* Denn es genügt nicht, dass sie arm sind und geflickte Kleider tragen, dass sie im Schmutz der Ghettos, in engen Gassen, in dunklen Stuben, in Hütten

Baracken Garagen Verschlägen zusammengepfercht leben, dass sie Hunger haben und geschlagen werden, dass sie seit Jahrhunderten so leben, arm und hungrig und der Unbarmherzigkeit ihrer Nachbarn ausgeliefert, der Willkür der Soldaten ausgeliefert, es genügt diesem Gott nicht, diesem grausamen Vater, der im Begriff ist, die Erde zu zerschmettern. Nichts genügt mehr, es ist das Ende. Hat es danach noch irgendetwas gegeben? Kann es danach noch irgendetwas geben? Ist nicht alles, was danach kommt, frage ich mich, falsch?

Falsch die Wirklichkeit, in die ich hineinwachse, in Deutschland, in Darmstadt, falsch das Streben meiner Eltern nach Erneuerung, nach Ruhe und Frieden, nach Sicherheit, nach Bequemlichkeit Abwechslung Freundschaft Vergnügen Wohlstand Anerkennung Liebe, also nach einem schönen Leben, einem guten Leben, wie jeder Mensch es will? Falsch das alles, weil etwas fehlt? Etwas, was unbedingt zum schönen und guten Leben gehört, weil es weder schön noch gut ist, weil es das Gegenteil ist, weil es das Gehasste ist, das Verratene, das Verleugnete, das Finstere, das sich in den Träumen zeigt, den störenden Träumen, den Träumen, die niemand aushält, den Träumen, aus denen man schreiend erwacht, weil sie die Schreie der Getöteten zurückbringen. Falsch, weil die Schreie der Getöteten nicht gehört werden. Falsch, weil das Finstere aus den weißen Schlafzimmern, das Blutige und Schmerzende und Schmutzige aus den sauberen Städten, der schrille Lärm aus den stillen Vorgärten der Einfamilienhäuser vertrieben wurde. So lernen die Kinder das Weghören, das Nichtsprechen, das Jasagen. So lerne ich, an das Bild zu glauben, das ich nicht bin, um niemanden zu enttäuschen, mich selbst nicht zu enttäuschen, mich abzufinden mit dem Bild, das die Wirklichkeit ersetzt, die Wahrheit verdeckt. So finde ich keine Worte, wenn es darum geht, nein zu sagen. So werde ich zu dem lebensmüden Teenager, der ich bin, als Vera meinen Weg kreuzt. Ich sah sie nicht, ich hörte sie nicht, und doch scheint es mir heute, als wäre sie aus Kiew gekommen, um mir etwas zu zeigen, was zwar vergangen, doch lebenswichtig ist für das Heute, um mich vor den falschen Stimmen zu warnen, den falschen Wünschen, den falschen Orten, wo die Toten keinen Platz haben.

Der Nachtportier nimmt den Schlüssel vom Brett. Vielleicht bietet er ihr an, sie zu ihrem Zimmer zu bringen. Vielleicht macht er irgendeine kleine Bemerkung, aus der sie herauslesen kann, dass er ihren geschwächten Zustand bemerkt hat, dass sie ihm nicht gleichgültig ist. Egal, was er zu ihr sagt – er sagt es mit einer klaren, klangvollen Stimme, die ihn selbst am meisten überrascht. Es kommt ihm vor, als hätte er mit so einer Stimme noch nie gesprochen, und wenn, dann nur im Traum. Deshalb tut es ihr vielleicht gut, ihn in diesem Moment an ihrer Seite zu haben. Obwohl er nichts über sie weiß, liegt die Kraft dieser alten, träumerischen Gewissheit in seiner Stimme. Er fragt, ob er noch etwas für sie tun könne, ob er ihr vielleicht einen Tee kochen solle, er habe einen Tauchsieder, er könne ihr gern einen Tee aufs Zimmer bringen – etwas in dieser Art, ohne Aufgeregtheit, mit dieser neuen, ihn selbst überraschenden klaren Stimme. Vielleicht genügt das, um ihr in ihrem übermüdeten Zustand wieder ein wenig Kraft, ein wenig Zuversicht zu geben. Wenigstens so viel, dass sie sich jetzt endlich zutraut zu schlafen. Es ist nämlich schon sehr spät, und sie hat nur noch wenig Zeit, um sich zu erholen, bevor sie morgen früh in das Auto steigen wird, das sie nach Darmstadt bringt, zum Gericht. Als sie ihr Zimmer aufschließt, wäre es ihr am liebsten, der bucklige Nachtportier würde vor ihrer Tür stehen bleiben, sie bewachen, damit sie sicher sein kann, dass nichts passiert. (Aber was sollte passieren, Vera, 27 Jahre danach, hier, in Deutschland, bei uns? Wir wollen doch nichts Böses, wollten nie etwas Böses, es waren doch andere, nicht wir!) Sie weiß natürlich, dass das nicht geht. Doch angesichts seines ermutigenden Lächelns fragt sie ihn schließlich, ob er sie morgen wecken könne, um soundsoviel Uhr, ob es ihm etwas ausmache, sie anzurufen, sie müsse unbedingt pünktlich sein. Und er ist froh, ihr wenigstens diesen kleinen Dienst erweisen zu dürfen.

Seine Stimme weckt sie also am nächsten Morgen. Wer weiß, aus welchen Träumen. Es ist ihr doch noch gelungen, sich auszuziehen, sich hinzulegen, die Decke über sich zu ziehen, einzuschlafen, und dann hört sie das Klingeln des Telefons neben dem Bett. Vielleicht hält sie es, an der Schwelle zwischen Erwachen und Traum, für den Ton des Weckers, der zu Hause in ihrer Einzimmerwohnung in Kiew neben ihrem Bett steht, dann wäre es ein leichtes Erwachen. Aber vielleicht weckt der unbekannte Ton auch gerade jetzt wieder die Angst, die sie an normalen Tagen durch erprobte Manöver in Schach hält. Denn ihre Angst ist immer da. Von Anfang an ist sie da gewesen. *Eines Tages kam ein großer deutscher Mann in unsere Wohnung und suchte nach Juden.* Die Angst hat sich ihr im Lauf des späteren Lebens in all ihren schrecklichen Facetten und Nuancen gezeigt, hat immer wieder mit Handlungsunfähigkeit, mit Ohnmacht, mit Erstarrung gedroht und konnte nur durch Veras erstaunliche Geistesgegenwart, ihren auf einem scharfen, klaren Verstand beruhenden Sinn für die Wirklichkeit (*Selbsterhaltungstrieb*?) in Schach gehalten werden. Seit sie dem Feuer der auf sie gerichteten Maschinengewehre entkam, indem sie kurz vor dem Schießkommando in die Grube sprang, ist es ihr gelungen, trotz der Angst zu leben. 27 Jahre lang hat sie trotzdem gelebt. Wenn sie nachts aufwacht und die Bilder nicht abschütteln kann – immer dieselben, nie verblassenden Bilder, das unverrückbare Einst, die steinerne Zeit –, steht sie auf, geht ans Fenster, sieht die dunklen Wohnblocks rechts und links der Straße. Die schwarze Doppellinie des Straßenbahngleises in der Mitte. Autos, Bäume: keine Deutschen weit und breit. Keine Panzer, keine Maschinengewehre, keine Absperrungen, nichts davon. Sie geht ins Bad, um ihr Gesicht im Spiegel zu sehen: ihr heutiges Gesicht, ihr neues, alt gewordenes Gesicht. Ich bin hier, sagt das Gesicht, ich, Vera, ich lebe. Darf ich leben, kann ich leben? Vielleicht ruft sie eine Nummer an, die für Notfälle bereitliegt, um eine vertraute Stimme zu hören, die ihr bestätigt, dass es vorbei ist, dass sie in Sicherheit ist, dass es Menschen gibt, die sie kennen, auf sie warten, sie beschützen. An diesem Morgen aber ist sie allein, und ihr sonst so gut funktionierender Verstand ist noch vom Schlaf befangen, so dass er den Schrecken nicht dämpfen kann, den das alarmierende Klingeln in ihr auslöst. *Von diesen Erlebnissen und von gesehenen Bildern wurde mir schlecht und ich wurde bewusstlos.* Vielleicht steht das ganze tollkühne Unternehmen plötzlich auf der Kippe. Vielleicht spürt Vera in diesem Moment, dass sie ihre Kraft überschätzt hat: wie so oft während ihrer Flucht. In den Tagen, als sie, erst an der Mordstätte selbst, dann in der näheren Umgebung, später an anderen Orten ihren Verfolgern auf abenteuerliche Weise entkam. In den Sekunden und Minuten, die dem Sprung in die Grube folgten. In den Stunden, in denen sie mit den Fingern Löcher in den sandigen Hang wühlte und versuchte, sich nach oben zu ziehen, kletternd den Rand der Schlucht zu erreichten, um einen Weg zu finden, der Rettung brächte. In den fünf Jahren danach, in denen sie sich verstecken musste, bis die Deutschen endgültig vertrieben waren. Ihr Körper macht nicht mehr mit. Überwältigt von dem, was sie hört und sieht, stehen ihr die Haare zu Berge. Die Knie geben nach. Die Kehle wird eng. Der Atem stockt. *Es wurde mir so schrecklich zumute, dass ich es nicht mehr aushalten konnte und das Bewusstsein verlor.* Wer ist sie, was richtet sie aus gegen die allmächtige, alles zermalmende Maschinerie, wie hat sie je glauben können, dass sie angesichts der Übermacht des allgegenwärtigen Todes den Mut aufbringen kann zu leben? Während das Telefon neben ihrem Bett weiter klingelt, fragt sie sich – wie sie es sich zu Hause schon x-mal gefragt haben muss –, ob es stimmen kann, was man ihr geschrieben hat, ob sie der Zusicherung des Generalstaatsanwalts trauen kann, dass ihr nichts geschehen werde. Ob es nicht sträflicher Leichtsinn gewesen ist, in das Flugzeug zu steigen, das sie nach Deutschland brachte. Hat man sie hierhergelockt, um zu vollenden, was vor 27 Jahren nicht gelungen ist? Heute ist sie eine alte Frau, heute hätte man leichtes Spiel. Wie schnell wäre sie zu durchschauen. Ein Blick: Schon kommt hinter der straffen, aufrechten Gestalt die Müdigkeit zum Vorschein, hinter der Festigkeit das Zittern. *Nun war es mit meiner Beherrschung vorbei, ich verlor das Bewusstsein.* Doch das Telefon hört nicht auf zu klingeln, und schließlich schält sich die Wirklichkeit aus dem dunklen Traumgewirr heraus, gewinnt immer deutlichere Konturen, hält die Bilder in Schach: Ungeheuer, die der Schlaf der Vernunft gebar. Sie ist hier, im Hotel, in Frankfurt. Sie lebt. Das Telefon klingelt. Die Geräusche, die sie auf dem Gang hört, stammen nicht von Soldatenstiefeln, es sind nur die Schritte der Hotelgäste, die die umliegenden Zimmer bewohnen. Auch sonst weist nichts darauf hin, dass Gefahr droht. Sie nimmt also endlich den Hörer ab. Erkennt die Stimme: die nicht laute, doch klare, klangvolle Stimme des Nachtportiers, der erleichtert ist, als sie abnimmt. Er sagt, es sei 6 Uhr 30. Er wünscht ihr guten Morgen.

Ob sie an diesem Tag den Frühstücksraum betritt, weiß ich nicht. Ob sie nach dem Aufwachen mit einem Angehörigen oder einer Freundin in Kiew oder sonst wo telefoniert hat, ob sie den Fernseher eingeschaltet, sich geschminkt oder irgendein besonderes Kleidungsstück angezogen hat, weiß ich nicht. Wie ich mir vorstelle, ist sie sehr nervös. Vielleicht hat sie einen schwachen Magen. Aber sie möchte doch etwas Kaffee oder Tee trinken, um sich nach der langen Nacht zu stärken. Wenn sie also in den Frühstücksraum (antikes Mobiliar, schwere Vorhänge, weiße Tischdecken, Silberbesteck) geht, setzt sie sich an einen Tisch möglichst weit von den anderen Gästen entfernt, weil sie deren Blicke fürchtet. In diesem kleinen Raum, in dem es um diese Zeit sehr still ist, weil die meisten Hotelgäste allein an ihren Tischen sitzen, ein wenig in den Zeitungen oder ihren geschäftlichen Unterlagen blättern und ansonsten bemüht sind, das Frühstück möglichst schnell hinter sich zu bringen, fällt sie besonders auf. Denn sie gehört nicht zu den Leuten, die hier sonst Quartier nehmen. Sie ist nicht geschäftlich unterwegs. Sie ist auch keine Touristin. Die Kleider, die sie trägt, Schuhe, Frisur, Haut, Haltung, Blick zeigen, dass sie fremd ist. Sie kommt aus dem Osten. Sie spricht mit Akzent. Wenn man sie fragt, ob sie Wurst oder Käse oder Marmelade wünsche, zuckt sie die Achseln oder starrt den wartenden Hotelkellner verständnislos an. Um so etwas zu vermeiden (und weil sie wahrscheinlich sowieso keinen Hunger hat), taucht sie also vielleicht gar nicht erst im Frühstücksraum auf. Sie trinkt ein wenig Kaffee oder Tee in ihrem Zimmer, sie überprüft den Inhalt ihrer Handtasche, fährt sich vor dem Spiegel noch einmal über die Haare, schminkt sich die Lippen. Dann ist es Zeit. Sie geht hinunter zum Empfang, gibt ihren Schlüssel ab, kann ein leichtes Zittern der Hände dabei nicht vermeiden. Aber es ist niemand da, der das kleine Zeichen wahrnimmt. Niemand, der an diesem wie an jedem anderen Morgen, in diesem wie in jedem anderen Frühling nicht mehr als genug mit sich selbst zu tun hätte und deshalb kein bisschen Aufmerksamkeit, kein bisschen Anteilnahme übrig hat. Niemand, der die Verbindung spüren würde, die es doch zweifellos gibt: Würden ihre Hände sonst zittern?

Der wachsame Nachtportier, der wundertätige Nachtportier, den ich mir ausgedacht habe, ist schon gegangen. Daheim in seinem Zimmer, in einem dürftigen Mehrfamilienhaus, in einem billigen Viertel Frankfurts hat er sich zuerst um die Pflanzen gekümmert, die in großer Zahl bei ihm gedeihen. Auf Totholz lässt er Moos und Flechten wachsen. Blätter und Ranken sprießen aus Töpfen, winden sich und wuchern um das Bücherregal. Nachdem er sie gegossen hat, liegt er auf dem Bett und lauscht, wie jeden Tag, dem aus Radiomusik, keifenden Stimmen und geräuschvollen Klospülungen zusammengesetzten Morgenlärm hinter den Rigipswänden des kleinen Raums. Warum ist ihm so bang zumute? Warum hat er die Frau im Wintermantel nicht gefragt, wer sie abholt und wohin man sie bringen wird? Vielleicht hätte sie seinen Beistand gebraucht. Aber was kann er, bucklig und schwach, wie er ist, schon für sie tun? Das Bild der tatarischen Reiterin steigt wieder in ihm auf. Ist sein Platz nicht dort, in der weiten Steppe, statt hier, unter den unglücklichen und missvergnügten Leuten, mit denen er es zu tun hat, den habgierigen Verwandten, den hochnäsigen Hotelgästen, den hinterhältigen Nachbarn, die er kennt? Die Zuneigung, die ihn erfüllt, lässt seine Sehnsucht nach jener anderen, verborgenen Welt wachsen. Möge die Frau im Wintermantel bewahrt bleiben vor der Bosheit der Menschen, möge niemand ihr ein Haar krümmen! So könnte man vielleicht das inständige, an keinen bestimmten Adressaten gerichtete Gebet in Worte fassen, das ihm durch den Kopf geht. Möge irgendjemand die Hand über sie halten! Möge sie gerettet sein! Und so sinkt der arme bucklige Mensch in einen oberflächlichen, immer wieder vom Lärm schriller Wortwechsel oder zufallender Türen unterbrochenen Schlummer, während Vera sich auf wunderbare Weise gekräftigt und belebt fühlt, als sie im Hotel seinen Platz an der leeren Theke passiert. Die Nacht liegt hinter ihr. Die Sonne scheint. Wie lange hat sie auf diesen Tag gewartet. An diesem Tag wird sie ihre Stimme erheben. Wie lange hat sie zwischen den Körpern der Toten gelegen, Sand Blut Erbrochenes im Mund, wie lange musste sie ausharren, mit Erde bedeckt, nah dem Ersticken, bis sie sich befreien konnte. *Als ich die Luft spürte, bekam ich wieder Lust zum Leben.* Wie lange musste sie stumm sein, bevor sie eine Stimme fand, Worte fand, das Licht ertrug. Sie ist bereit. Sie strafft sich noch einmal, spürt die Festigkeit und Wärme ihres Körpers – dieses alterslosen Körpers, den ich unvergänglich vor mir sehe, während ich mir die Szene ausmale – und tritt auf die Straße hinaus, wo das Auto schon auf sie wartet.

Der ältere Herr, Abgesandter des Gerichts, öffnet ihr den Schlag. Natürlich, er weiß, was sich gehört. Er sieht, dass sie wenig geschlafen hat (Blässe, Augenringe?), merkt aber auch, dass sie sich nicht davon beirren lässt. (Was wäre sie, was wäre aus ihr geworden, wenn sie sich davon hätte beirren lassen!) Auch er hat schlecht geschlafen. Heute Morgen, beim Frühstück mit seiner Frau, hat er noch einmal versucht, von Vera zu sprechen, und die Dinge angedeutet, die bei der Verhandlung in Darmstadt zur Sprache kommen würden. Sollte es nicht möglich sein, die starre Leidensmaske ihm gegenüber zu einer Reaktion zu bewegen? Doch nur die Augen zuckten ein wenig. Der Mund mit den schön geschwungenen Lippen öffnete sich, um – gereizt, pikiert – etwas zu äußern, was ihn sofort veranlasste, die Rede auf etwas anderes zu bringen. Etwas Unverfängliches: einen Theaterbesuch, einen Ausflug am Wochenende. Vielleicht hat er sekundenlang den Wunsch verspürt, dem Schweigegebot seiner Frau diesmal nicht nachzugeben, nicht rücksichtsvoll und zartfühlend (feige und kleinmütig) zu sein, wie immer, sondern laut zu werden, ihr mit lauter Stimme ins Gesicht zu sagen, dass er genug habe von ihren Einbildungen, ihrem Selbstmitleid, sie sei doch völlig gesund, sei bis zum Ende ihrer Tage mit Geld versorgt und habe alles, was man sich nur wünschen könne, was wolle sie noch mehr? Ja, vielleicht hat er Lust gehabt, die Dinge beim Namen zu nennen, um die es bei den vom Generalstaatsanwalt geleiteten Ermittlungen geht. Die Fotos vor sie hinzulegen. Ihr die Protokolle vorzulesen, die Tondbandmitschnitte vorzuspielen, ihr zu zeigen, was andere erlebt haben – was sind ihre Wehwehchen dagegen?

Nur um zu sehen, wie ihre Maske splittert, die Schutzhülle, mit der sie sich umgeben hat, reißt. Nicht nur weinen sollte sie, nein, auf die abstoßendste Weise, unbeherrscht und hemmungslos sollte sie heulen und schluchzen, schreien, stöhnen, lamentieren, so dass das kostbare Glasgehäuse, in dem sie lebten, bersten und das Andere zum Vorschein kommen würde, das Unfassbare und Schreckliche, das sie mit allen Mitteln von sich fernhielten. Doch wozu? Schon in der nächsten Sekunde war ihm klargeworden, dass damit ja niemandem geholfen wäre: Keiner der Toten würde wieder lebendig werden. Nur ihm selbst hätte es vielleicht geholfen. Das Gefühl der Beklommenheit, das ihm zu schaffen macht, seit er in die Nähe des Generalstaatsanwalts geraten ist und dessen Ermittlungen verfolgt, das Gefühl, das ihm auch Vera gegenüber zu schaffen macht und ihn Sätze sagen lässt, die ihm selbst manchmal lächerlich vorkommen, dieses vage, unangenehme, auf alle Lebensbereiche ausstrahlende Gefühl würde sich vielleicht in etwas Eindeutiges verwandeln, einen eindeutigen Schmerz, der sich leichter abgrenzen, mit dem sich leichter umgehen ließe. Er hat dann aber selbstverständlich nichts erwidert und die Dinge auf sich beruhen lassen. Lasst die Toten ihre Toten begraben! Stumm hat er das Frühstück beendet, sich mit einem kühlen Gruß von seiner Frau verabschiedet, und jetzt sitzt er neben Vera im Auto, wohlerzogen, reserviert, wie gestern, wie immer. Sein leichter Mantel liegt gefaltet auf dem Vordersitz. Unter dem Jackett trägt er ein frisches weißes Hemd, eine schmale, dezent gemusterte Krawatte. Leise gibt er dem Fahrer seine Anweisungen, während Vera, die Handtasche auf dem Schoß mit beiden Händen festhaltend oder umklammernd, schweigend aus dem Fenster blickt.

Der Zufall meiner Geburt, der Zufall ihrer Geburt, aus solchen Zufällen setzt sich das Leben zusammen, könnte man sagen (wenn man die Mythen von Gottesnähe, Verdienst und Leistung nicht zu Hilfe nehmen will), und so stehe ich nun einmal auf dieser Seite, wie der ältere Herr, der jetzt auf der Fahrt nach Darmstadt neben Vera sitzt, und seine Frau, wie meine Eltern, wie all die Leute, die sich in Darmstadt oder Frankfurt an diesem Tag ihrer gut gepolsterten Lebensumstände erfreuten, und sie, Vera, auf der anderen. Könnte man sagen. Die einen bauen neue Häuser, neue Städte, neue Fabriken und Flughäfen, lassen ihre Kinder aufs Gymnasium gehen, in den Schwimmklub, lassen sie Geige spielen Klavier spielen Ballett tanzen, kaufen Autos Waschmaschinen Radios Fernseher Plattenspieler Fernreisen Schlaftabletten und duften nach Parfum, während die anderen sehen müssen, wo sie bleiben. Die Diskrepanz ist mir schon früh bewusst gewesen. Als 12- oder 13-Jährige kam ich einmal nach dem Sportunterricht in der Schule mit einer Putzfrau ins Gespräch, einer hageren alten Frau, Kopftuch, schwere Schuhe, aufgequollene rote Hände, fast unverständlicher Akzent mit stark rollendem R; in einem bitteren Wortschwall erzählt sie von dem Gut, das ihrer Familie gehörte, bevor „die Russen" es in Besitz nahmen und zerstörten. Diese Frau war eine „Vertriebene". Als ich meiner Mutter an diesem Tag von der

Begegnung berichte, reagiert sie abweisend und mit offensichtlichem Unbehagen, so dass ich seitdem, obwohl ich immer wieder mit ihr sprach und sie immer freundlicher wurde, mich mittags in der Turnhalle sogar manchmal zu erwarten schien, um sich mit mir zu unterhalten, über diese Frau eisernes Schweigen bewahrte. Sie im Familienkreis zu erwähnen war mir peinlich. Vielleicht, so denke ich heute, vermittelte mir die merkwürdige Einsilbigkeit meiner Mutter bei dieser Gelegenheit die erste Ahnung jener Fehlstelle, die sich mir heute so deutlich zeigt, vielleicht war die Verlegenheit, die sich damals beim Mittagessen zwischen uns breitmachte, das erste Anzeichen jener ungreifbaren anderen Zeit, die in unsere Gegenwart hineinragte wie der überwachsene Überrest einer geborstenen Brücke. Ein Anhauch verborgener Schmerzen und Ängste des eben erst vergangenen Krieges, die Andeutung einer schrecklichen Erfahrung: dass Gewissheit zerfällt und Besitz verlorengeht. Dass also auch unser Besitz verlorengehen kann. Dass auch wir verfolgt werden können, vertrieben werden können, sterben können. So dass wir im Handumdrehen nicht mehr auf dieser Seite stehen würden, sondern auf der anderen. Da, wo auch Vera stand, wenn wir sie gesehen hätten, wenn unsere Augen im viel zu hellen Licht unseres trümmerlosen Nirgendwo nicht die Kraft verloren hätten, sie zu sehen.

Der Nachtportier ist eingeschlafen. Die Geräusche und Stimmen seiner Nachbarn, die ihn in seinem hellhörigen Zimmer so oft quälen, verwandeln sich, ebben ab. Er ist ganz bei seinen Pflanzen. Er hört sie wachsen. Die zarten Stiele, die dünnen Ranken werden dick und hart, sie richten sich auf, verzweigen sich, streben nach oben, durchbrechen die Decke. Aus allen Straßen, allen Häusern wachsen Bäume. Er hört die leisen Töne, mit denen sie sich verständigen, staunt über den Reichtum ihrer Stimmen. Das geheimnisvolle Knistern und Knospen der Triebe, das Säuseln der Blätter, das Pochen der Rinde wird lauter, die Wipfel rauschen, wie angerührt von einem gewaltigen Sturm. Sie übertönen alles, Flugzeuge, Autos, Sirenen, Raketen, jeden menschlichen Lärm. An den Zweigen erscheinen Blüten. Die Blüten sind Augen voll mildem Licht. Die Wurzeln sind Sonden, die immer tiefer in den Boden wachsen. Durch Sand und Lehm und Stein bohren sie sich in den glutheißen Kern des Erdballs und wecken die unermesslichen vulkanischen Kräfte, die dort eingeschlossen sind. Die Erde bebt. Alles schwankt, rutscht, fällt. Berge, Häuser, Masten stehen schief. Menschen laufen wie Ameisen durcheinander. Dort, wo sie noch festen Boden finden, formieren sie sich zu Heeren mit Bomben und Maschinengewehren. Doch wen wollen sie angreifen? Wem gilt ihr Zorn? Sie wissen nicht, dass das alles nichts nützt. Gegen den planetarischen Unmut richten sie nichts aus. Sie sind ja lächerlich klein und schwach in ihrer eingebildeten Macht. (Ist das die Schuld, von der der Blinde gesprochen hat? Die wir durch Tod und Verderben abzutragen haben? Ist es das, was wir nicht sehen können, nie sehen können und doch sehen müssen, um den Tod zu ertragen?) So sieht der Nachtportier in seinem Zimmer, wie ein mächtiger Orkan das Unterste zuoberst kehrt und sich die Erde von dem gewalttätigen Geschlecht befreit, das ihr so lange zusetzte. Eine kurzfristige Genugtuung, hervorgerufen von den quälenden Ahnungen nach seiner Begegnung mit Vera und der lebenslangen Erfahrung seiner Ohnmacht, eine Rachephantasie, naheliegend, aber unbefriedigend, wie jeder Weltuntergang. Denn die Frage bleibt unbeantwortet, die Aufgabe bleibt ungelöst, die ihm und uns gestellt ist. Der träumende Nachtportier bleibt also ruhig und stört niemanden im Haus. Nicht Heulen und Zähneklappern ist hinter der Rigipswand zu hören, nein, höchstens ein leises Seufzen, mit dem er das apokalyptische Geschehen gleichsam achselzuckend zur Kenntnis nimmt, bevor er in weitere, tiefere Schlafgefilde hinabsinkt.

An diesem Morgen fällt es dem älteren Herrn wesentlich schwerer als gestern, Konversation zu machen, um die Situation, die er von Anfang an als anstrengend empfindet, ein wenig zu entspannen. Unverfängliche Bemerkungen über harmlose Themen wollen ihm nicht über die Lippen kommen, und worüber soll er sonst reden? Er bemerkt, dass die Sehnen auf Veras Handrücken hervortreten. Er bemerkt ein graues oder weißes Haar auf dem Kragen ihres Wintermantels (den sie sich beim Einsteigen nicht hatte abnehmen lassen). Das Auto kann nun schneller fahren, es erreicht die Autobahn. Es könnte eine so angenehme Fahrt sein in diesem gediegenen, bequemen, leise dahinrollenden Wagen, doch Vera hört nicht auf, ihre Handtasche zu umklammern, als könnte sie ihr hier, mitten in Deutschland, diesem warmen Deutschland, diesem wohlhabenden achtbaren friedliebenden Deutschland, von irgendeinem Bösewicht entrissen werden. Der ältere Herr kommt nicht umhin, Veras Verfassung zu bemerken. Er spürt ihr Misstrauen. Er sieht ihren gleichgültigen Blick. Ohne Neugier, ohne Interesse nimmt sie die Landschaft zur Kenntnis, die sich ihr zeigt, und ist offenbar auch nicht bereit, das zwar oberflächliche, doch immerhin höfliche und zivilisierte Bekanntschaftsverhältnis, das es gestern zwischen ihnen gab, zu erneuern. Der ältere Herr empfindet ihr hartnäckiges Fürsichsein als Provokation. Ist er nicht, in gewisser Weise, für sie verantwortlich? Man hat sie in seine Obhut gegeben, weil er zuverlässig ist, weil er einfühlsam und sensibel ist, weil der Generalstaatsanwalt ihm vertraut und er geübt ist im Umgang mit heiklen Zeugen. Er will ihr die Landschaft zeigen. (Und während ich seinen Gedanken folge, verspüre auch ich den Wunsch, ihr die Landschaft zu zeigen, in der ich damals lebte. Könnte sie sie nicht dazu veranlassen, sich ein wenig zu beruhigen, bevor das Gericht ihre ganze Kraft in Anspruch nehmen wird? Merkt sie nicht, wie schön der Himmel ist, die Wolken, das Licht des Frühlingsmorgens, das Tankstellen und Getreidesilos, Spargelfelder und Fabrikhallen an den Rändern der Autobahn rötlich-sanft erglänzen lässt?) Er will ihr zeigen, dass es in Deutschland nichts mehr gibt, wovor sie sich fürchten muss. Die Fahrt von Frankfurt nach Darmstadt, zum Gericht, soll ihr in angenehmer Erinnerung bleiben. Sie soll sich zurücklehnen, lockerlassen. Sie soll anerkennen, dass wir uns verändert haben. Dass wir etwas aufgebaut haben. Dass Verlass ist auf unseren Rechtsstaat. Deshalb beugt er sich nun zu ihr, vergisst plötzlich den gebührenden Abstand, den er einzuhalten hat, und berührt leicht ihren Arm oder ihre Schulter. Es ist eine Geste, die Fürsorglichkeit und Verständnis zum Ausdruck bringen soll, etwas Gütiges, Väterliches, ein Mittel zur Lösung ihrer inneren Verkrampfung, doch als sie erschrocken auffährt und ihn mit aufgerissenen Augen anstarrt, wird ihm mit einem Mal klar, dass er sie nicht erreicht: nie erreichen wird. Wie gestern nimmt er etwas Schreckliches in ihrem Blick wahr, was ihn zum Schwitzen bringt, so dass ihm das Hemd binnen kurzem wieder feucht an der Haut klebt. Ja, sie ist immer noch auf der Flucht. Ihre zur Schau getragene Stärke, ihre Festigkeit Geradheit Entschiedenheit, ist nur Attitüde. Der ältere Herr will sich nicht vorstellen, was dahinterliegt. Was diese Augen sahen. Doch gerade jetzt kommt ihm eine lange vergessene Äußerung seiner Frau in den Sinn. Fast flüsternd, eng an ihn geschmiegt und zitternd hatte sie ihm einmal erzählt, wie sie damals als junges Mädchen im Lazarett bei nächtlichen Operationen habe assistieren müssen. Wie sie durch das strömende Blut, die Eile aller Handgriffe, die rasende Folge der auf den Tisch gelegten Verwundeten in einen automatenhaften Zustand geraten sei und nicht mehr habe klar denken können und wie ihr schließlich die ganze Szene wie ein grässliches Ritual vorgekommen sei, vollzogen von einem wilden Stamm von Menschenfressern, die gierig die Körper ihrer Opfer ausweideten und verstümmelten, Blut tranken und abgeschnittene Gliedmaßen neben sich auftürmten. Und sie selbst habe daran teilgenommen und sei zur Menschenfresserin geworden! An dieses grausige

Bild erinnert sich der ältere Herr jetzt also plötzlich, und obwohl er nichts von Vera weiß und nicht einmal ahnt, was ihr widerfahren ist, ist ihm damit vielleicht doch die Wahrheit aufgegangen, wenn auch in verhüllter Form.

Die Oberrheinische Tiefebene entstand, als sich vor 50 Millionen Jahren an dieser Stelle die Erdkruste zu dehnen begann. Die Oberfläche wurde dünner und senkte sich schließlich zu einem 40 Kilometer breiten Graben ab, an dessen Rändern sich langgestreckte Mittelgebirgsformationen bildeten. Die Eisfelder, die die Ebene bedeckten, die Steppen, die Wälder, die Auen sind verschwunden wie die Tiere, die sie einst durchzogen, mit ihren riesigen Stoßzähnen, ihren ausladenden Geweihen, ihren mächtigen Atemwolken; wie das Schwirren der fliegenden Geschöpfe, das Dröhnen und Sirren ihrer Stimmen; wie der mäandernde Strom mit seinen tausend Armen, seinen Gruben und Tümpeln, an denen riesige Amphibien auf Beute lauerten; wie die Giganten mit Schlangenschuppen an den Beinen, mit denen die ersten Menschen kämpften; wie die Feuer, um die sie sich sammelten, die Trophäen der Jäger, die Bronzeschwerter der Krieger, die Gehöfte der ersten sesshaften Bauern, die die fruchtbare Erde nutzten. Verschwunden, vergangen, verbacken zu Sedimentschichten unterschiedlicher Farbe und Konsistenz, zerrieben zu Kies, Sand, Geröll unter unseren Füßen, unter dem Asphalt, unseren Augen entzogen. Auch Vera sieht von alldem nichts, während sie auf der Autobahn von Frankfurt nach Darmstadt fährt. Die Lastwagen, die der Fahrer überholt, die Siedlungen, die an ihr vorbeigleiten, gehören zum Inventar der neuesten Zeit, sind Bestandteile des modernen Lebens, seiner einschüchternden Geschäftigkeit, seines Wohlstands, seiner Selbstsicherheit. Vielleicht schwindelt ihr bei diesem Anblick, oder ein Gefühl der Ohnmacht stellt sich ein. Vielleicht vergleicht sie den Reichtum dieser Ebene mit der Armut zu Hause. Oder sie fragt sich angesichts der Schnelligkeit der Autos, der Schnelligkeit aller Geschehnisse und Vorgänge, die man hier beobachtet, wer ihr zuhören wird, da sich alles dieser rasenden Gegenwart unterwirft, alles nur diese eine Richtung, dieses reibungslose und anmaßende Vorwärts! zu kennen scheint. Ja, die Zeit vergeht zu schnell. Schon jetzt liegt das, was sie zu bezeugen, wovon sie zu berichten hat, so weit zurück, dass sich niemand mehr davon stören lässt. (Niemand außer dem Generalstaatsanwalt, seinen Helfern und Ermittlern, einem einsamen Reporter des *Darmstädter Echos* und einer Handvoll Besucher im fast leeren Gerichtssaal.) Bald wird das, wovon sie sprechen will, verschwunden sein im Strudel anderer Ereignisse, eingeebnet, unkenntlich geworden, weil andere Menschen mit anderen Sorgen geboren werden, andere Kriege, andere Katastrophen kommen. (Auch der Teenager, der ich war, ist inzwischen verschwunden, wie der Junge, unter dessen Berührungen ich die Lust zu leben verlor, und alle anderen, die damals um mich waren.) Der Sand der Schlucht wird die Schreie der Sterbenden verschütten, das Flüstern der Toten zum Verstummen bringen. Wie oft hat sie in langen Nächten gegen den Sand angekämpft, die weiche, turmhohe Wand der Schlucht, die unter ihren verzweifelt tastenden Fingern bröckelt, krümelt, rutscht, sich in eine riesige Düne verwandelt, in der Hände und Füße keinen Halt mehr finden, tiefer, unüberwindbarer Sand, in dem sie, je verzweifelter sie nach oben strebt, desto sicherer versinkt! Bald wird der Sand der Zeit auch die letzte Stimme erstickt haben, die noch zu hören ist aus der Schlucht. Dann wird auch die Schuld verschwunden sein. Man wird glauben, das Geschehene hätte kein Maß. Es gäbe keine Richtschnur, kein Urteil, keine Strafe, und nur Grabräuber würden sich erinnern.

Ihr Blick fällt jetzt vielleicht auf eine kleine Gruppe von Bäumen auf einem Hügel, zwischen zwei Dörfern kurz vor Darmstadt, ringsum Gebüsch. In der Mitte ein dichtbelaubter Baum mit starkem Stamm. Ein flüchtiger Blick: Könnte er es sein? Jener *Baum mit sehr vielen Blättern*, der sich, nachdem sie nachts mit letzten Kräften die Sandwand erklommen hatte, vor ihren Augen auf dem Plateau erhob. Der Baum, auf den sie kletterte, dessen Blätter sie beschützten, mit dessen Stamm sie verschmolz, als der Morgen graute. Mit dem sie *eins wurde*, während nicht weit von ihr die Schützen wieder Aufstellung nahmen, die Kommandeure ihre Kommandos brüllten, die Feuer aufflammten, auf denen der Kaffee für die Schützen gekocht wurde, die leblosen Körper der Frauen, der Männer, der Kinder, der Greise in die Schlucht fielen. Als sie die Schüsse hörte, die das Kind töteten, musste sie ihren Baum verlassen. Die Verfolger mit ihren Hunden waren überall. Sie läuft – es ist die dritte und letzte Nacht, bevor es ihr gelingt, das Erschießungsgelände zu verlassen, aber das wird ihr erst später klar, als das Zeitgefühl wiederkommt – *auf eine Öffnung zu* und landet in einer Müllhalde. Sie stülpt sich einen *Traubenkorb* über den Kopf. Die Hunde wittern sie, sie merkt es an ihrem Gebell. Noch einmal ein Tiefpunkt. *Ich war vollkommen isoliert.* Ein Moment, kurz vor dem Aufgeben. *Zerrissen und zerschunden.* Mochte die Zeit sie vernichten. Mochte sie ersticken, versinken, verlorengehen, wie ihre Schwester, ihre Eltern, ihre Nachbarn, wie Abertausende Menschen verlorengegangen waren, wie die Trauben verlorengegangen waren, zerdrückt, zu Brei zerstampft, zu knöchernem Geröll verbacken, zu Sand und Asche zermahlen, nach 50 Millionen Jahren nicht mehr als eine weitere Sedimentschicht, schwärzlich, dünn wie Papier. Wozu leben? Das kommt ihr vielleicht gerade jetzt in den Sinn, weil ihr Blick in der Oberrheinischen Tiefebene bei Darmstadt auf einen Baum fällt, der jenem anderen Baum an jenem Ort des Schreckens ähnlich sieht und den Schmerz wieder aufleben lässt. So hat sie ihr Versteck im Laub verlassen und einen Weg gesucht, der von der Grube wegführte, von den Schützen wegführte, von den Hunden wegführte, von dem toten Kind und den anderen Toten wegführte ins Leben. Ja, sie wollte leben! Die Sonne sehen. Den Fluss spüren. Dem Schmerz standhalten. Darin besteht ihr Mut: die Klarheit, Entschiedenheit, Standfestigkeit, die ich an ihr wahrnahm, als ich das Youtube-Video ihrer Aussage vor dem sowjetischen Militärtribunal sah. Sie ist dem Schmerz treu geblieben, den sie damals empfand: Es ist der Schmerz, der von so vielen geleugnet werden muss, weil er nicht zu heilen ist. Der Baum, den sie aus dem Autofenster sieht, ist ein anderer, wie sie selbst eine andere geworden ist (27 Jahre!). Doch ich stelle mir vor, dass die Dinge, die ich so selbstverständlich identifizieren kann, manchmal vor ihren Augen verschwimmen. (Sah ich nicht selbst die Trümmer der geborstenen Brücken am Rhein, am Main, am Neckar?) Dass die Ebene, die vor ihr liegt, mit jener anderen verschmilzt, der Rhein in der Ferne (das glitzernde Band, das ich, wenn ich auf dem Schulweg am Hang hinter unserem Haus vom Rad stieg und meinen Blick nach Westen richtete, bei klarem Wetter erkennen konnte) mit dem Dnjepr. Dass sich das Vergangene, umhüllt von Gegenwart, wieder zeigt. *Eines Abends kam ein großer deutscher Mann in unsere Wohnung und suchte nach Juden.* 50 Millionen oder 1 000 Jahre oder 27 Jahre verdichten sich zum Jetzt. Und sie, Vera, taucht ungealtert aus dem Strom der Vergessenheit auf, der ihre Schwester, ihre Mutter, ihren Vater und Tausende anderer in sich aufnahm. Taucht auf wie an jenem Tag im Spätsommer, als sie sich, nach ihrer Rettung, noch einmal an der alten Badestelle ins Wasser gestürzt hatte, um den Schweiß der Angst, den Schmutz der Flucht, den Gestank der Wunden loszuwerden. Es ist Morgen, kurz vor 8 Uhr. Die Einfamilienhaussiedlungen am nördlichen Rand von Darmstadt ziehen vorbei. Das Auto verlässt die Autobahn, biegt in die lange Straße ein, die durch die Vororte in die Stadtmitte führt, zum Gericht. Und Vera, die Wahre, taucht aus dem immer frischen, immer strömenden Fluss auf, der die Ebene durchzieht, an hellgrünen Erlen und Weiden vorbei, an Städten und Feldern und Fabriken vorbei – taucht aus dem Strom auf, der die Oberrheinische Tiefebene durchzieht auf seinem Weg zum Schwarzen Meer – taucht vor mir auf, um mit klarer Stimme von dem zu künden, was nicht vergeht.

Ende April. Ich bin wie immer zu spät aufgestanden, habe, wie immer, das Frühstück hinuntergeschlungen, das meine Mutter vor mich hinstellte, habe mein Rad aus der Garage geholt, um in die Schule zu fahren. Vögel singen. Der Himmel ist blau, mit ein paar weißen, lila oder orange gesäumten Wolken, vielleicht. Es ist warm. Nur wenige Autos kommen mir entgegen. Ich sehe meinen Schulweg vor mir: zuerst bergauf, an der alten Villa vorbei, an der Fliederhecke den Haselnusssträuchern am Waldrand vorbei, dann links, auf der Anhöhe geradeaus, an den Kirschbäumen vorbei, an der Wiese vorbei, an der Kapelle der Marienschwestern vorbei, dann bergab, an der amerikanischen Kaserne vorbei, an den Kastanien vorbei, an den neuen Häusern den Vorgärten den Tulpen Rosen Narzissen vorbei, dann die große Kreuzung, von der aus es nur noch ein paar Minuten bis zur Schule sind. An dieser Kreuzung treffen wir uns, sie und ich. Sie im Auto der Staatsanwaltschaft, auf dem Weg zum Gericht, ich neben dem Rad, von dem ich abgestiegen bin, während ich an der Ampel warte. Jetzt springt sie auf Gelb. Rot. Das Auto hält. Ich sehe die Frau auf dem Rücksitz, ihr dunkles oder graues oder weißes Haar, ihr Gesicht. Sie ist 57. Sie sieht aus dem Fenster. Sie sieht Darmstadt. Sie sieht mich, die 14-Jährige in Faltenrock und Kniestrümpfen, die Schultasche auf dem Gepäckträger. Unsere Blicke kreuzen sich. Es ist nur ein Moment, eine kleine Sekunde im Strom der Zeit, und noch dazu ein Moment, der nur in meiner Phantasie existiert und nur in meiner Vorstellung Bestand hat, denn es gibt keinen Beweis dafür, dass es ihn tatsächlich gegeben hat, dass ich ihr an diesem Tag tatsächlich begegnet bin, dass sich unsere Wege wirklich kreuzten. Aber ich halte daran fest. Ich rücke nicht davon ab. Ich will, dass es diesen Blick gegeben hat, der mich mit ihr verbindet, mein Leben im Nirgendwo mit ihrer Geschichte verknüpft und mich selbst damit in der Zeit verankert, auch wenn ich erst jetzt, über 50 Jahre danach, mit 70, davon erfahre und erst jetzt, weil ich ihren Schatten spüre, dem Gesicht hinter der Autoscheibe einen Namen geben kann – nicht den Namen, den sie dem Gericht nannte, als sie 15 oder 20 Minuten später in den Zeugenstand trat, sondern den Namen, der in meiner Erinnerung für sie bereitliegt: Vera.

Was wusste ich schon, Vera? Ich sah die Dinge, ohne zu begreifen, was sich hinter ihnen verbarg. Ich hörte Geräusche, harmlose, rücksichtsvolle Geräusche, die mich vor nichts warnten. Das dumpfe, regelmäßige Knallen hinter dem sandigen Hang am Stadtrand von Kiew hörte ich nicht, die Kommandos, das Gebrüll. Ich war ein halbes Kind. Ich fühlte mich wie ein unbeschriebenes Blatt. Ich wollte etwas erleben. Anders sein! Radikal sein! Mit den Studenten demonstrieren! Die Schule ödete mich an. Was konnte sie mich lehren, außer das Leben zu verpassen? Heute frage ich mich nach dem Grund dieser Leblosigkeit, dieser bleifarbenen Unzufriedenheit, nach dem Ausmaß dieses blinden Flecks. Was ist Erinnerung? Was wäre nötig gewesen, um die Schrift sichtbar zu machen, die dem scheinbar unbeschriebenen Blatt mit unsichtbarer Tinte eingeschrieben war? Lag nicht alles klar vor aller Augen? In der Aula sahen wir, wie man Leute an Leichen vorbeiführt, die man aus den Baracken geholt hat, den Kellern den Krematorien dem Stacheldraht. Die Leute drücken sich Schals auf die Nase und drehen die Köpfe der Kinder weg, während sie, von Soldaten flankiert, an den abgezehrten Schädeln den verbogenen Gliedmaßen den mit Lumpen bedeckten aufgeschichteten Skeletten vorbeigehen, einer hinter dem anderen, verschlossene Gesichter in grellem Licht. Es gab nicht genug Stühle, die Lehrer mussten hinten stehen. Eine Reihe Lehrer, Frauen, Männer, Erwachsene, reglos nebeneinander, sogar die Direktorin ist da, ihr schweres Schweigen ist da im Rücken der Schülerinnen in der verdunkelten Aula. (Vielleicht war das der Moment, in dem du mich zum ersten Mal streiftest, Vera: als das Andere, das Fehlende in dem sorgsam abgedichteten Raum, der gläsernen Kugel, die mich umschloss.) Ja, an den Film über Bergen-Belsen erinnere ich mich, aber vielleicht sah ich ihn nicht. Denn der Beinstumpf meines Großvaters hatte nichts damit zu tun. Die einsilbigen Antworten, das Unbehagen am Esstisch, das hartnäckige Nichtwissenwollen meiner Eltern hatte nichts damit zu tun. Wurde das, was wir gesehen hatten, nach der Vorführung von irgendjemand noch einmal erwähnt? Hatten wir damals schon gelernt, uns solche Bilder vom Leib zu halten? (Oder muss man das gar nicht üben?) Bilder von Getöteten. Leichen, aus Baracken geholt, aus Schiffsbäuchen gezogen, aus dem Wasser gefischt. Die Leute drücken sich Schals auf die Nase, drehen die Köpfe der Kinder weg. Bilder von Flüchtenden, Verfolgten, Vertriebenen, Verzweifelten. (Wie lange schon bist du in meiner Nähe, Vera!) Wer sagt, dass sie etwas bedeuten? Wer lenkt den Blick? Wie lernt man zu verstehen, dass nicht von anderen die Rede ist, sondern von uns?

Der ältere Herr, Abgesandter des Gerichts, ist froh, dass das Auto jetzt vor dem Landgericht in Darmstadt zum Stehen kommt. Veras hartnäckiges Schweigen auf der kurzen Fahrt hat seine Geduld auf eine harte Probe gestellt. Er fühlte sich hilflos. Er spürte ihre Labilität. Hinter ihrem Desinteresse, ihrer zur Schau getragenen Gleichgültigkeit stand die Angst, ihre Aufgabe nicht meistern zu können, vor Gericht zu versagen – doch selbst wenn er davon gewusst hätte, hätte er keine Worte gefunden, die geeignet gewesen wären, ihr die Selbstzweifel zu nehmen. Immer wieder gab es Zeugen, die vor Gericht die Fassung verloren. Eine Kleinigkeit genügte – eine Geste, ein Ton von dort her, wo die Angeklagten saßen und sie nicht aus den Augen ließen –, und schon gingen Vernunft und Geistesgegenwart verloren und die alte Angst gewann die Oberhand. Der ältere Herr hatte das vielleicht ein paarmal miterlebt. Es war ihm peinlich gewesen. Er hatte es bedauert. (Denn er ist nicht kalt, nicht grob, nicht mitleidlos und gehört auch nicht zu den Menschen, die Freude empfinden, wenn andere vor ihnen zittern.) Aber was soll er tun? Deshalb hat er beschlossen, sich solchen Szenen nicht mehr auszusetzen. Vielleicht verspürt er in diesem Moment tatsächlich eine Art Sympathie für Vera, eine ritterlich-väterlich-distanzierte Zuneigung, während er beobachtet, wie sie, bevor er die Tür für sie öffnen kann, ein wenig ungeschickt, ein wenig steif, doch entschlossen aus dem Auto steigt und in ihren plumpen Schuhen, ihrem altmodischen blauen oder braunen Wintermantel erhobenen Hauptes die Stufen zum Verhandlungssaal hinaufgeht. Aber was folgt daraus? Wäre er auf einmal fähig, die Welt mit ihren Augen zu sehen, den trügerischen Charakter alles Sichtbaren zu erkennen? Wüsste er plötzlich, dass das hinter der Oberfläche Verborgene jeden Moment hervorbrechen kann, brüllend mordend vernichtend, wie damals, dass Veras Befürchtungen nur allzu berechtigt sind, weil es gegen das, was sie erlebt hat und bezeugen wird, keine Sicherheit gibt? Nein. Er bleibt der, der er ist. Er ist froh, sie in den nächsten Stunden nicht mehr sehen zu müssen. Er empfindet Erleichterung und ein gewisses Bedürfnis nach Ablenkung und Kompensation. Vielleicht folgt er dem Fahrer in die Gerichtskantine (falls es eine solche damals gegeben hat), um eine Tasse Kaffee zu trinken und eine Zigarette zu rauchen. Vielleicht wechselt er ein paar Worte mit dem jungen Mann, der bereits an einem Tisch sitzt und ebenfalls Kaffee trinkt und raucht. Neuigkeiten über dessen kürzlich geborenes Kind, Gerichtsinterna, Klatsch und Tratsch. Vielleicht bemerkt er die Ahnungslosigkeit des Fahrers, nicht nur bezüglich ihres Fahrgastes, sondern auch des Gegenstands, der im Stockwerk über ihnen verhandelt wird, und kann nicht umhin, an andere Ahnungslose Unwissende Abgehärtete Gleichgültige zu denken, mit denen es die Ermittler des Generalstaatsanwalts in dieser Zeit so oft zu tun haben. Leute, die morgens aufstanden, die Uniform anzogen und die Befehle ausführten, die man ihnen gab. Aber er selbst, der ältere Herr, wünscht er sich nicht ebenfalls Ahnungslosigkeit, Unwissenheit, Gleichgültigkeit, Härte statt Kenntnis und Klarheit? Oder statt, ja, sogar eines Anflugs von Mitgefühl für diese Leute, die dann und wann in ihren ärmlichen Mänteln mit ihren altmodischen Koffern ihren unnahbaren Gesichtern aus dem Osten geflogen kommen, um hier bei uns, in unserer unerschütterlich scheinenden Gegenwart die Vergangenheit zu bezeugen, um mitten unter den atemlos Lebenden für die nie begrabenen Toten zu sprechen? Jedenfalls denkt er nicht daran, Vera in den Verhandlungssaal zu folgen. (Wie auch ich draußen bleibe, weiterfahre auf meinem Rad, eine weitere Straße entlang, bis ich die Schule erreiche, wo ich die kurze Begegnung mit Vera an der Ampel, falls sie je stattgefunden hat, bald vergessen werde.) Während sie über ihre Rechte und Pflichten belehrt wird und ihre Personalien angibt, hält er sich entweder in der Gerichtskantine auf oder auf der Straße, vor dem Gerichtsgebäude. Vielleicht macht er einen kleinen Spaziergang in der Umgebung, um die Frühlingssonne zu genießen – nein, eigentlich nur, um Veras Abwesenheit zu genießen. Denn er merkt jetzt erst recht, wie sehr diese Frau ihm durch ihre bloße Gegenwart zugesetzt hat, wie sehr ihn das, worüber sie nicht sprach, belastete. Nein, er will nicht wissen, was sie jetzt sagt. Er will sich nicht vorstellen, was sie erlebte. Hat er nicht, wie jeder gute Bürger, wie jeder anständige Mensch, das Recht auf ungestörten Genuss eines schönen Frühlingstages? Muss er sich mit Leiden beschäftigen, die andere verschuldet haben? Soll er sich von dunklen, längst vergangenen Geschehnissen die Laune verhageln, von den Übeltaten einer Handvoll außer Rand und Band geratener junger Männer den Schlaf rauben lassen? Das Leben muss doch weitergehen! Mit Dankbarkeit, mit tiefer Verbundenheit nimmt er all die Dinge wahr, die sich mit den gewohnten Farben und Geräuschen und in der gewohnten Geschwindigkeit um ihn herum entfalten, die Autos auf der Straße, die Passanten, die vielen Baustellen, die zeigen, dass Darmstadt im Begriff ist zu wachsen, das Neue willkommen zu heißen und das Alte abzureißen und abzuschaffen, wie es jetzt überall in Deutschland geschieht. Nicht im Geringsten hat er das Gefühl, irgendetwas Wichtiges zu verpassen, wie auch kein anderer Mann, keine andere Frau in Darmstadt oder Frankfurt oder irgendwo sonst an diesem Tag das Gefühl hatte, irgendetwas Wichtiges zu verpassen. Der Prozess erregte keinerlei öffentliches Interesse. Er lockte, abgesehen von einem Reporter des *Darmstädter Echos* weder andere Medienvertreter noch private Zuschauer an, und mir ist, als sei, nachdem die Zeugin am Ende ihrer Aussage erklärte, sie habe *keine Wiedergutmachungsansprüche an den deutschen Staat gestellt* und werde das auch niemals tun, ein allgemeines Aufatmen im Gerichtssaal, in der Stadt und überall sonst zu vernehmen gewesen.

Wer sieht die gebeugte Gestalt, die in einer der hinteren Reihen des Verhandlungssaals sitzt und mit gespannter Aufmerksamkeit den Äußerungen aller Prozessbeteiligten folgt? Ich sehe sie. Ich stelle sie mir vor. Stelle mir vor, dass die alte Frau an diesem Tag nicht zum ersten Mal im Verhandlungssaal sitzt. Stelle mir vor, dass sie auch an diesem Tag die Erste gewesen ist, die den Saal betritt. Auch an diesem Tag ist sie sehr früh aufgestanden. Vielleicht wohnt sie in Bessungen, einem alten Teil der Stadt, in dem auch meine Schule liegt. Vielleicht in der Nähe der Kirche, wo es damals noch viele nicht modernisierte, etwas heruntergekommene Häuser gegeben hat, in denen vor allem Einwanderer mit ihren Familien leben, Gastarbeiter aus Italien, Spanien, Jugoslawien, die die Stadt mit ihrer florierenden Industrie gerade jetzt dringend braucht. Sie lebt von einer kleinen Rente und ist Mieterin einer kleinen Wohnung mit Ofenheizung. Auch an diesem Tag hat sie ihren „Schatz“ – so die Bezeichnung, die sie sich in ihrem privaten Sprachgebrauch dafür angewöhnte – aus einem Fach des alten Büfetts genommen. Das wuchtige und ziemlich hässliche Möbelstück stammt noch aus Vorkriegszeiten und sie bewahrt neben Tischdecken und Geschirr auch einen längst farblos gewordenen Stofflöwen ohne Augen und Mähne darin auf, einstiges Spielzeug ihres Sohnes, das nach den Bombennächten irgendwo zum Vorschein kam. Der „Schatz“ ist ein zerknitterter Brief auf schlechtem Papier mit Wehrmachtstempel. Er ist mit Maschine geschrieben und trägt neben dem Datum die Unterschrift eines Kompaniechefs. Es ist darin von „unehrenhaften Handlungen“ die Rede, von „zwielichtiger Gesinnung“, „schweren Verfehlungen“ und „Aberkennung der militärischen Ehren“. Seit er sie damals erreichte, hat die Bessungerin den Brief unzählige Male in Händen gehalten und vergeblich versucht, ihn zu verstehen. Natürlich hat sie auch versucht, sich anderweitig zu erkundigen, und vor ein paar Jahren ist es ihr vielleicht gelungen, einen Kameraden ihres Sohnes ausfindig zu machen, einen Mann, der als Schütze in derselben Gegend im Osten diente und zwei oder drei Jahre nach Kriegsende zurückkehrte. Vielleicht ist diesem Mann etwas im Gedächtnis geblieben, ein Gerücht, das er damals hörte, das man sich feixend oder bedauernd oder gleichmütig erzählt hatte, und vielleicht dämmerte ihr beim Reden mit diesem unzugänglich, verlegen oder feindselig wirkenden, mageren und ständig hustenden Mann, was der Kompaniechef gemeint haben könnte, als er seinen Brief schrieb, in dem die Unehrenhaftigkeit so viele Zeilen beanspruchte, dass für Beileid kein Platz mehr blieb. Jetzt also, in aller Frühe, hat sie diesen Brief wieder einmal in die Hand genommen. Sie weiß, dass heute eine Zeugin aus der Ukraine zu Wort kommen soll, und sie fürchtet sich vor dem, was sie vielleicht zu hören bekommen wird. Der Brief erinnert sie an den Tod ihres Sohnes, dessen Grab irgendwo im Osten ist, sie weiß nicht, wo. (Vielleicht gibt es gar kein Grab. Das wäre das Schlimmste. Dass auch jener Ort den Namen ihres Sohnes vergessen hat.) Der Brief erinnert sie an das Unbegreifliche, das doch wirklich wahr sein muss. Hier ist ein beschriebenes Blatt. Es ist konkret. Sie kann es sehen. Sie kann es anfassen. Ihre Ohren vernehmen das leise Rascheln, wenn sie es aus dem Umschlag zieht. Ihre Finger ertasten das dünne, trockene, knittrige Material. Die Berührung beruhigt sie, tröstet sie: Es ist, als wären ihre Augen, Ohren, Hände in der Lage, ihren Sohn aus der Phantomhaftigkeit seiner Existenz zu befreien, als wäre es möglich, das Ungewisse und Unfassbare seines Handelns konkret werden zu lassen. Als könnte sie in solchen Momenten seine Erfahrung teilen: seine unbegreifliche Handlung, seinen unfassbaren Tod ihrem Leben einfügen wie etwas, was bisher schmerzlich fehlte. (Wäre also das, dieses kaum je gelingende Streben, Sich-Mühen, Fragen, Probieren, Erinnerung?) So gestärkt, konnte die Bessungerin an diesem Morgen die Wohnung verlassen und die wenigen Stationen mit der Straßenbahn zum Gerichtsgebäude fahren. Sie ist, wie immer, zu früh da. Der Verhandlungssaal ist noch geschlossen, und während sie geduldig vor der Tür wartet, merkt sie, dass ihre Knie doch schwächer sind, als sie heute Morgen noch geglaubt hatte. Eine Bank zum Hinsetzen gibt es nicht. Die alte Frau hat Mühe, sich auf den Beinen zu halten.

Dass er ihren Sohn nicht gekannt habe, beteuerte der Mann, dessen Adresse, irgendwo in Deutschland, sie herausgefunden hatte. Dann hatte sie sich eine Fahrkarte gekauft und war ein paar Stunden mit dem Zug gefahren. Dann Straßenbahn oder Taxi. Und dann stand sie vor seiner Tür, mit dem Foto in der Hand, und er schien nicht abgeneigt zu sein zu reden. Hager, krank und fiebrig, hustend. Führte sie durch eine übelriechende Küche mit tropfender Wäsche in ein fensterloses Zimmer mit niedriger Decke, einem Tisch voller Bücher, einem Hocker, einem Sessel mit zerrissenem Bezug. Auf diesem Sessel saß sie, während sie ihm zuhörte. Auf dem Schreibtisch stand ein Glas Wasser. Zwei oder drei Mal, als der Husten zu stark wurde, griff der Mann in die Tasche seines Bademantels, schraubte ein Röhrchen mit gelben Tabletten auf und schluckte mehrere davon mit Wasser. Vor dem Krieg habe er Lehrer werden wollen, sagte er. Er habe viel gelesen, sich für Philosophie interessiert. Immer wieder habe er sich seitdem gefragt, ob man das, was ihr Sohn getan hat – jedenfalls dem Gerücht nach getan hat, das danach in ihrer Einheit umlief, denn Sicheres wisse er nicht –, ob man so ein Handeln vernünftig nennen solle, oder ob es nicht im höchsten Grad jeglicher Vernunft widerspreche und einfach auf einen Instinkt zurückzuführen sei. Auf eine ganz rohe, ganz unzivilisierte, vielleicht sogar tierische Empfindung, die sich plötzlich Bahn gebrochen und über jede Überlegung hinweggesetzt habe, während auf der anderen Seite – wörtlich verstanden, sie müsse sich ihren Sohn und die Schießenden auf einander entgegengesetzten Hängen der Schlucht vorstellen – eben das geherrscht habe: Überlegung, logisches Denken, Planung, Berechnung, Rationalität. Und das im Angesicht der tödlichen Gefahr, die ihnen ständig drohte. Es habe damals ja überall Partisanen gegeben. Sie seien von Partisanen umzingelt gewesen, die ganze Stadt sei voll von Partisanen gewesen, die vor nichts zurückschreckten. Das wisse sie doch, oder nicht? Jetzt sehe alles so einfach aus, aber in Wahrheit sei die Lage kompliziert gewesen, unentwirrbar, ja, unentwirrbar, und die Handlung ihres Sohnes habe nichts dazu beigetragen, sie zu klären. Im Gegenteil! Man habe sie damals nicht verstanden, keiner habe sie verstanden, nicht die Kommandeure, nicht die Offiziere, nicht die Kameraden, mit denen er seit Wochen ständig zusammen gewesen war, nicht einmal die Feinde hätten sie verstanden, wenn sie davon erfahren hätten, und auch heute noch könne niemand diese Tat verstehen. Er jedenfalls verstehe sie nicht, obwohl er sie nicht vergessen habe. Das sei das Eigenartige daran, dass er die Tat ihres Sohnes nicht vergessen könne, sagte der Hustende, obwohl er sie vergessen *müsse*! Wie er alles andere schon längst vergessen habe, die Körper, die Gesichter, die Geräusche, oder zum Beispiel, wie der Kaffee geschmeckt hatte oder wie das Wetter war. Das sei alles in einen grauen Nebel getaucht. Oder seien es die Tabletten, die diesen Nebel in seinem Kopf entstehen ließen? Heute wisse kein Mensch mehr, was los sei. Was man tun solle. Aber damals habe jeder seine Aufgabe zu erfüllen gehabt. Die einen hätten das tun müssen, die anderen jenes, und alles habe ineinandergegriffen. Wenn einer aus dem Räderwerk herausfiel, sei er schnell von einem anderen ersetzt worden. Das Herausfallen von jemandem habe also überhaupt keinen Unterschied gemacht, denn das Räderwerk habe auch ohne den Betreffenden funktioniert. Der Betreffende sei unweigerlich vergessen worden, weil er außerhalb des Räderwerks existierte, in einer eigenen Welt, die mit der Welt des Räderwerks, also der wirklichen, der eigentlichen Welt, nichts zu tun hatte. Umso seltsamer, dass sich das Gerücht, das damals in der Einheit die Runde machte, so hartnäckig in seinem Kopf hielt, dass er ihr heute davon erzählen könne.

Sehr seltsam sei das. Einer von den Wachen auf der anderen Seite habe sich erschießen lassen. So das Gerücht. Wer es war, wisse er nicht, habe er nicht gewusst und wisse es bis heute nicht. Er habe diesen Mann, der vielleicht ihr Sohn war, nicht gekannt. Niemand habe ihn gekannt. Er selbst sei auf der anderen Seite gewesen, weit weg, wenn auch auf demselben Gelände. Jeder habe seine Aufgabe gehabt. Natürlich habe man sich auch versetzen lassen können, wenn man sich die Sache nicht zutraute. Das sei jederzeit möglich gewesen, und immer habe es ein paar Leute gegeben, die diese Möglichkeit wählten, ängstliche und feige Charaktere, die auswichen, statt sich ihrer Aufgabe zu stellen. Warum er – ihr Sohn – diese Möglichkeit nicht gewählt hatte, sei eben die Sache, deren Widersinnigkeit, deren Irrationalität ihm nicht aus dem Kopf gehe. Seine Aufgabe sei übrigens nicht schwer gewesen. Er – ihr Sohn – habe dafür zu sorgen gehabt, dass die Leute sich ausziehen. Kleider auf die eine Seite, Lebensmittel, Schmuck auf die andere. Eine ganz einfache, nachvollziehbare Sache, bei der man nicht den Verstand verlieren müsse. Oder? Aber er habe offenbar den Verstand verloren, nach allem, was man hörte. Eben noch sei seine Stimme da gewesen. Ausziehen! Alles ausziehen! Los, schnell! Und die Geräusche dazu, das Brummen der Motoren, das allgemeine Stimmengewirr, die dumpfen Schläge, das widerliche Geschrei und Geheul. Und dann habe man seine Stimme an diesem Abschnitt des Geschehens plötzlich nicht mehr gehört. Das sei das, was nach Abzug aller spekulativen Elemente am Ende übrigblieb, wenn man das Gerücht analysierte, das dann eine Zeitlang in der Einheit die Runde machte. Dass man von einem der Bewacher auf der anderen Seite plötzlich nichts mehr hörte. Es könnte ihr Sohn gewesen sein, ja. Aber ob ihn jemand gesehen habe, sei fraglich. Er habe seine Aufgabe in einer Mulde zu erfüllen gehabt. Dort habe immer viel Lärm und Wirrwar geherrscht. Ob ihm das so zugesetzt habe, dass er den Verstand verlor? Von dort aus habe man nach ein paar Schritten den sandigen Abhang hoch gleich die Kante erreicht, den Grubenrand, wo man sich habe aufstellen müssen, immer zwei oder drei nebeneinander. Die Schüsse seien ganz regelmäßig gefallen, da habe man kein Stocken, kein Aussetzen gemerkt. Aber, natürlich, es blieben noch einige Fragen offen. Zum Beispiel die Frage, was mit seiner Waffe geschah. Am Ende müsse er natürlich nackt gewesen sein, wie die anderen in der Reihe. Aber wie er es angestellt habe, sich blitzschnell seiner Uniform zu entledigen, Jacke Hose Mütze Koppel Stiefel, und dann noch Unterhemd Unterhose, und völlig unerkannt und unbehelligt in die Reihe der Wartenden zu gelangen und dann den sandigen Abhang hoch an die Kante, und warum ihn auf der anderen Seite keiner erkannte, das habe sich damals niemand erklären können und auch er könne es sich bis heute nicht erklären.

Wo ist die Verbindung? Wie hängt das alles zusammen? Die alte Bessungerin im Gerichtssaal, die um ihren Sohn trauert, den namenlosen Märtyrer (wenn es je so einen Mann gegeben haben sollte, was stark bezweifelt werden muss), der ältere Herr, der jetzt vor oder hinter dem Gerichtsgebäude mit ruhelosen Schritten auf und ab geht, ein Nachtportier, eine Bedienung, und ich, ein Teenager mit Teenagerproblemen, inzwischen im Klassenzimmer sitzend, in der letzten Reihe, gelangweilt, geistesabwesend, wie immer, und Vera, die Fremde, die einmal, ein einziges Mal in Deutschland ihre Stimme erhebt, um von dem zu sprechen, was niemand hören will, was habe ich mit ihr zu tun, was haben wir miteinander zu tun? Warum ist es so schwer, den Zusammenhang zu sehen? Annehmlichkeiten verstellen den Blick, unsere Bankkonten, unsere Geschäfte, unsere überquellenden Regale, unsere störungslosen Nächte, unser Himmelblau und Frühlingsgrün, und der herrschende Lärm macht harthörig. Aber ich sehe doch, ich höre doch! Was weiß ich schon? Wer bin ich schon? Ein Kind, kaum geboren, ein Teenager, eine alte Frau, bald tot. Nein sagen, damit sich das Unsichtbare und Unhörbare materialisiert, ist nicht das, wenigstens, eine Gewissheit, die aus jenen Jahren übriggeblieben ist, in denen die Väter in Frage gestellt wurden wie danach nie mehr? Um die zerstörerische Bewegung aufzuhalten, die überall im Gang ist. Die Atemlosigkeit, mit der man sich das Störende, Verstörende vom Leib hält. Das Vorwärtsstürmen, das Leugnen, die Blindheit. So fing ich an, diese Geschichte zu erfinden, Veras Geschichte, meine Geschichte. (Darf ich sie erzählen? Denn Erzählen heißt, keine Lösung zu wissen). Um den Schattenwesen, Gespenstern, Wiedergängern gerecht zu werden, die sich an mich hefteten, sich in meine Gedanken mischten, die Erinnerung weckten an Dinge, die nirgends zu finden sind, Namen, die auf keinem Grabstein stehen, körperlose

Stimmen vom Ufer des Styx, Echos aus einer Vergangenheit, die wie Trümmer einer geborstenen Brücke in die Gegenwart ragt. So fange ich an zu sprechen. Um etwas zu klären, zu konstruieren, rekonstruieren. Um zu erfahren, wo ich stehe. Um etwas wiedergutzumachen, was nicht wiedergutzumachen ist. Um die Verbindung herzustellen, die nur ich herstellen kann, den Sinn herzustellen, den nur ich herstellen kann. So erzähle ich, stockend, hustend, im Vertrauen auf den Fluss, der, laut dem erwähnten Song, den Liebenden an seinem Ufer Antwort gibt.

Das Husten hörte nicht auf, dieser unangenehme Laut, dieses störende Geräusch in dem schlecht riechenden, irgendwie verwahrlost, irgendwie verfallen, verkommen wirkenden Zimmer mit der niedrigen Decke, es hörte nicht auf. Die Bessungerin hatte es immer deutlicher wahrgenommen, je schwerer es ihr gefallen war, der Rede des Mannes im Bademantel zu folgen. So stelle ich es mir vor. Auf der Zugfahrt zurück nach Darmstadt hatte sein Husten sie begleitet und sie seither nicht mehr losgelassen. Dieser Husten. Gerade jetzt hört sie ihn wieder, als die Türen des Verhandlungssaals endlich geöffnet werden und sie ihren Platz in einer der hinteren Reihen einnimmt. (Vorn die Plätze für die Hauptpersonen: Richter. Geschworene. Angeklagte. Anwälte. Dolmetscherin. Protokollant. In einer der vorderen Reihen die Plätze für die Pressevertreter, wo nur der Reporter des *Darmstädter Echos* sitzen wird. Wie viele Besucher gab es, außer der Bessungerin? Wie viele Sitzreihen blieben leer?) Zehn

Männer werden hereingeführt (mit Handschellen gefesselt?), an ihre Plätze gebracht. Zehn Männer. (In Anstaltskleidung? In Anzug und Krawatte? Weiße Hemden? Blau? Grün? Kariert?) Zehn Gesichter. (Gewöhnliche Gesichter? Ansprechend? Abstoßend? Freundlich? Trotzig? Indifferent?) Sie beobachtet sie: Wie sie sitzen, vor sich hin starren, leise mit ihren Anwälten reden, ihre Brille putzen, sich Notizen machen. Sie kann ihren Gesichtern keine Eigenschaften ansehen, außer der einen: dass sie nicht mehr jung sind. Ihr Sohn würde ihnen ähnlich sehen, wenn er noch lebte. Seine Haare hätten sich auf ähnliche Weise gelichtet. Seine Stirn, seine Wangen wären von ähnlichen Falten gekerbt. Sein Mund würde sich auf ähnliche Weise nach unten krümmen. Die Zeugin wird an ihren Platz geführt. (Wie viele Meter trennen sie von den Angeklagten? Versucht sie, ihren Blicken auszuweichen? Und die Angeklagten? Lassen sie vielleicht gewisse Zeichen von Nervosität erkennen, zuckt hier ein Augenlid, fängt dort ein Bein an zu wippen? Ich weiß es nicht. Wenn irgendjemand etwas in dieser Art beobachtet haben sollte, hat er es später nicht mehr erwähnt.) Die Bessungerin sieht die Zeugin aus ausreichender Entfernung, im Profil oder Halbprofil (also aus dem gleichen Winkel, aus dem auch der Kameramann des Youtube-Videos, das ich sah, sie filmte, als sie vor dem sowjetischen Militärtribunal aussagte). Sie hätte den Platz wechseln können, um sie aus größerer Nähe zu sehen, aber das wollte sie nicht. Sie spürt: Es ist besser so. Denn als die Zeugin aufsteht und anfängt zu sprechen, merkt die Bessungerin wieder einmal, dass ihr Körper schwach ist, dass ihre Augen ständig blinzeln, ihr

Gehör sie im Stich zu lassen droht. Sie bemüht sich nach Kräften, dem Vortrag der Zeugin zu folgen, aber vielleicht schafft sie es nicht. Vielleicht vernimmt sie stattdessen nur wieder das Husten, laut und trocken, dieses schrecklich hallende Stakkato, ein Echo, das den steilen Wänden der sandigen Schlucht am Rand von Kiew entkommen ist und seitdem in der Welt herumgeistert, hier, bei uns, weit weg, im Nirgendwo.

Am Morgen des 29.4.1968 stand Dina Pronitschewa aus Kiew, eine der wenigen Überlebenden des Massakers von Babyn Jar, in Darmstadt als Zeugin vor Gericht. Der Hessische Generalstaatsanwalt Fritz Bauer hatte am Zustandekommen des sogenannten Callsen-Prozesses maßgeblich mitgewirkt. Von mehreren Hundert an der Vernichtungsaktion im September 1941 beteiligten Männern hatten sich zehn ehemalige Mitglieder des Sonderkommandos 4a der Einsatzgruppe C vor dem Landgericht Darmstadt zu verantworten und kamen schließlich mit milden Strafen wegen Beihilfe zum Mord davon (in drei Fällen wurde ganz von einer Strafe abgesehen). Dina Pronitschewa sprach während der Verhandlung russisch. Das Protokoll ihrer ins Deutsche übertragenen Aussage erschien 2021 in der Zeitschrift *Osteuropa*. Die kursiv gesetzten Sätze meines Textes zitieren daraus.

S. R.

FSC
www.fsc.org
MIX
Papír | Podporujeme zodpovědné lesnictví
FSC® C014138

Wir danken für die Unterstützung

ZukunftsFonds der Republik Österreich

LAND SALZBURG

Mühlstraße 7, 5023 Salzburg
info@residenzverlag.at

Bibliografische Information der Deutschen Nationalbibliothek

Die Deutsche Nationalbibliothek verzeichnet diese Publikation in der Deutschen Nationalbibliografie; detaillierte bibliografische Daten sind im Internet über http://dnb.dnb.de abrufbar.

www.residenzverlag.com

Buchgestaltung, Satz: Kevin Mitrega, Schriftloesung
Umschlagabbildung: Josef Sudek: *In the Magic Garden* aus der Serie *Memorie* (1954–1959), Bromsilberabzug (23,8 × 17,8 cm)
© Photo: Ondřej Kocourek, Museum für Angewandte Kunst Prag
Lektorat: Jessica Beer
Gesamtherstellung: EuroPB, Tschechische Republik

ISBN 978-3-7017-1809-2